ein Ullstein Buch

Von der gleichen Autorin
in der Reihe der
Ullstein Bücher:

Bonjour tristesse (135)
Ein gewisses Lächeln (183)
In einem Monat, in einem Jahr (231)
Lieben Sie Brahms . . . (397)
Die wunderbaren Wolken (492)

Françoise Sagan

Chamade

Roman

ein Ullstein Buch

Ullstein Buch Nr. 2667
im Verlag Ullstein GmbH,
Frankfurt/M – Berlin – Wien
Französischer Originaltitel:
»La Chamade«
Übersetzt von Elisabeth Schneider

Ungekürzte Ausgabe

Umschlagentwurf: Heinz Kröhl

Printed in Germany 1971
Gesamtherstellung:
Ebner, Ulm
ISBN 3 548 02667 2

Meinen Eltern

ERSTER TEIL

Frühling

I

Sie schlug die Augen auf. Ein ungestümer, entschlossener Wind war ins Zimmer gedrungen. Er verwandelte den Vorhang in ein Segel, beugte die Blumen in ihrer großen Vase zu Boden und vergriff sich nun an ihrem Schlaf. Das war ein Frühlingswind, der erste: er roch nach Wald, nach Erde, er hatte unversehrt die Pariser Vororte, die benzinverpesteten Straßen durchstreift, und er gelangte hurtig, großmäulig im Morgengrauen in ihr Zimmer, um ihr, bevor sie überhaupt zu sich kam, Lebensfreude zu verkünden.

Sie schloß die Augen wieder, drehte sich auf den Bauch, tastete mit der Hand auf dem Boden nach ihrer Uhr, das Gesicht noch immer im Kopfkissen vergraben. Sie mußte sie vergessen haben, sie vergaß immer alles. Sie stand umständlich auf, steckte den Kopf zum Fenster hinaus. Es war dunkel, die Fenster gegenüber waren geschlossen. Dieser Wind war wohl nicht gescheit, um diese Zeit zu wehen! Sie legte sich wieder hin, zog die Decke fest um sich und tat, als ob sie schliefe.

Vergebens. Der Wind stolzierte durch das Zimmer, und sie merkte, wie das weiche Nachgeben der Rosen, das erschrockene Aufplustern der Vorhänge ihn reizte. Ab und zu strich er über sie hinweg, bedrängte sie mit allen seinen ländlichen Düften: »Komm spazieren, komm spazieren mit mir.« Ihr schlaftrunkener Körper sträubte sich, Traumfetzen tauchten auf und verschleierten ihr Gehirn, aber ein Lächeln entspannte allmählich ihren Mund. Morgendämmerung, Morgendämmerung auf dem Lande... die vier Platanen auf der Terrasse, ihre Blätter zeichnen sich so klar vor dem weißen Himmel ab, der Kies knirscht unter den Hundepfoten – ewige Kindheit. Was konnte noch reizvoll sein an dieser Kindheit nach den Klagen der Schriftsteller, den Theorien der Psychoanalytiker, den jähen Ergüssen eines jeden menschlichen Wesens, sobald das Thema aufkam: »als ich noch Kind war«? Dieses Sehnen wohl nach unumschränkter und verlorener Verantwortungslosigkeit. Aber, und das hätte sie niemandem sagen mögen, sie hatte sie nicht verloren, sie fühlte sich vollkommen verantwortungslos.

Dieser letzte Gedanke brachte sie auf die Beine. Mit den Augen suchte sie ihren Morgenrock und fand ihn nicht. Jemand mußte ihn weggeräumt haben, aber wohin? Seufzend öffnete sie den Schrank. Sie würde sich bestimmt nie an dieses Zimmer gewöhnen. Übrigens auch an kein anderes. Einrichtungen waren ihr völlig gleichgültig. Dabei war es ein schöner Raum, hoch, mit zwei großen Fenstern nach einer Straße am linken Flußufer und mit blaugrauem Plüsch ausgelegt, eine Wohltat für Auge und Fuß. Das Bett war wie eine Insel zwischen den zwei einzigen Klippen: dem Nachtschränkchen und einem niedrigen Tisch an der Fensterseite, beides, nach Charles' Meinung, in sehr reinem Stil. Der Morgenrock, endlich entdeckt, war aus Seide, und der Luxus eigentlich etwas sehr Angenehmes.

Sie ging in Charles' Zimmer hinüber. Er schlief bei geschlossenem Fenster, seine Nachttischlampe brannte, und kein Wind störte ihn je. Seine Schlaftabletten lagen säuberlich neben seinen Zigaretten, seinem Feuerzeug, seinem auf acht Uhr gestellten Wecker und seiner Flasche Mineralwasser. Nur *Le Monde* lag auf der Erde herum. Sie setzte sich ans Fußende des Bettes und betrachtete ihn. Charles war fünfzig, hatte schöne, etwas weiche Züge und sah unglücklich aus, wenn er schlief. An diesem Morgen sah er noch trauriger aus als sonst. Er hatte ein Immobiliengeschäft, viel Geld, und war im Umgang mit Menschen ziemlich schwierig, weil ihn eine Mischung von Höflichkeit und Scheu manchmal sehr frostig machte. Seit zwei Jahren lebten sie zusammen, wenn man die Tatsache, daß man dieselbe Wohnung bewohnt, mit denselben Menschen zusammenkommt und zuweilen dasselbe Bett teilt, zusammen leben nennen kann. Er drehte sich zur Wand und stöhnte leise. Wieder einmal dachte sie, daß sie ihn unglücklich machen würde, und zugleich, daß er es wohl mit jeder Frau werden müßte, die zwanzig Jahre jünger wäre und von Unabhängigkeitsdrang geplagt. Sie nahm eine Zigarette vom Nachttisch, zündete sie lautlos an und nahm ihre Betrachtungen wieder auf. Charles' Haar wurde oben grau; auf seinen Händen, die sehr schön waren, traten die Adern hervor, der Mund wurde farblos. Sie verspürte Zärtlichkeit für ihn. Wie konnte man gut sein, intelligent und so unglücklich? Und sie konnte nichts für ihn tun: man kann niemanden darüber trösten, geboren zu sein und sterben zu müssen. Sie begann zu husten, es war falsch, morgens nüchtern zu rauchen. Man durfte nüchtern nicht rauchen, übrigens auch keinen Alkohol trinken und weder schnell Auto fahren noch zu sehr lieben, noch sein Herz überanstrengen, noch sein Geld ausgeben, noch sonst etwas. Sie gähnte. Sie wollte den Wagen nehmen und dem Frühlingswind möglichst weit aufs Land hinaus folgen. Sie würde heute ebensowenig arbeiten wie an anderen Tagen. Sie war es nicht mehr gewöhnt; das hatte sie Charles zu verdanken.

Eine halbe Stunde später fuhr sie auf der Autobahn nach Nancy. Das Radio des Kabrioletts übertrug ein Konzert. War es Grieg, Schumann, Rachmaninow? Jedenfalls ein Romantiker, aber welcher? Das reizte und amüsierte sie gleichzeitig. Sie liebte Kunst nur als Erinnerung, und zwar als sinnliche Erinnerung. »Zwanzigmal habe ich das gehört, und ich weiß, daß ich damals unglücklich war und daß diese Musik meinem Leid wie ein Abziehbild aufgedrückt zu sein schien.« Jetzt wußte sie nicht mehr, von wem ihr dieses Leid gekommen war, sie alterte wohl schon. Aber das machte ihr wenig aus.

Es war schon lange her, daß sie über sich nachgedacht hatte, sich betrachtet und sich durchschaut hatte, und nur der Augenblick begleitete sie in diesem Dämmerungswind.

II

Der Autolärm im Hof weckte Charles. Er hörte Lucile vor sich hinsingen, als sie die Garagentür schloß, und fragte sich verdutzt, wie spät es sein mochte. Seine Uhr zeigte auf acht. Einen Augenblick dachte er, Lucile müsse krank sein, aber der Klang ihrer fröhlichen Stimme dort unten beruhigte ihn. Sekundenlang war er versucht, das Fenster zu öffnen, sie zurückzuhalten, aber er ließ es. Diese Euphorie kannte er bei ihr; es war die Euphorie der Einsamkeit. Einen Moment schloß er die Augen, diese unterdrückte Geste war die erste von tausend, die er an diesem Tage unterdrücken würde, um Lucile nicht zu stören, um Lucile nicht lästig zu sein. Wäre er fünfzehn Jahre jünger gewesen, so hätte er zweifellos das Fenster öffnen können und rufen: »Lucile, komm herauf, ich bin wach«, selbstbewußt und unbeschwert. Sie wäre heraufgekommen und hätte eine Tasse Tee mit ihm getrunken. Sie hätte sich auf sein Bett gesetzt, und er hätte tausend Späße gemacht, bis sie schallend lachte. Er zuckte die Achseln. Auch vor fünfzehn Jahren hätte er sie nicht zum Lachen gebracht. Er war nie amüsant gewesen. Daß es Unbekümmertheit gab, hatte er erst vor zwei Jahren entdeckt, er verdankte es ihr, und sie zu lernen schien zu den zeitraubendsten und schwierigsten Dingen zu gehören, wenn man nicht von vornherein dafür ist.

Er richtete sich auf, betrachtete verwundert den Aschenbecher neben sich. Eine ausgedrückte Zigarette machte sich darin breit, und er fragte sich, ob er etwa gestern abend vergessen hatte, ihn vor dem Einschlafen im Kamin auszuleeren. Das war unmöglich. Lucile mußte dagewesen sein und in seinem Zimmer geraucht haben. Übrigens zeigte eine leichte Vertiefung auf seinem Bett, daß sie dort gesessen hatte. Er selbst würde im Schlaf nie etwas in Unordnung bringen. Die Zimmermädchen, die über sein Junggesellendasein gewacht hatten, hatten ihn oft genug dazu beglückwünscht. Das gehörte zu den Dingen, deretwegen man ihn immer gelobt hatte: seine Ruhe, schlafend oder wachend, sein Phlegma, seine gute Erziehung. Es gab Leute, denen man zu ihrem Charme gratulierte, aber ihm war das nie passiert, höchstens in völlig gleichgültiger Weise. Schade: er wäre sich vorgekommen, als trüge er ein funkelndes, weiches herrliches Gefieder. Gewisse Wörter verursachten ihm grausam und in aller Stille einen Schmerz wie eine nicht wieder einzufangende Erinnerung: die Wörter »Charme, Ungezwungenheit, Unbeschwertheit« und, Gott mochte wissen warum, das Wort »Balkon«.

Mit Lucile hatte er einmal über diese Empfindung gesprochen. Natürlich nicht über die ersten Wörter, aber über das letzte. »Balkon?« hatte Lucile erstaunt gesagt, »warum Balkon?« Sie hatte wiederholt: »Balkon, Balkon«, ihn dann gefragt, ob er dieses Wort im Plural sähe. Er hatte ja gesagt. Sie hatte ihn gefragt, ob es Balkone in seiner Kindheit gegeben habe, und er hatte nein gesagt. Neugierig hatte sie ihn angesehen, und wie jedesmal, wenn sie ihn anders ansah als freundlich, war eine wilde Hoffnung in ihm aufgestiegen. Aber sie hatte etwas über die Himmelbalkone bei Baudelaire gemurmelt, und dabei war es geblieben.

Nichts folgte, wie üblich. Und obwohl er sie liebte, durfte er sie nicht merken lassen, wie sehr er sie liebte. Nicht, daß sie es irgendwie mißbraucht hätte, aber es hätte sie verwirrt, bekümmert. Daß sie ihn nicht verließ, war schon viel. Er bot ihr nichts weiter als Sicherheit, und er wußte, daß das ihre letzte Sorge war. Vielleicht.

Er läutete. Dann nahm er *Le Monde* vom Boden auf und versuchte zu lesen. Vergebens. Wie üblich würde Lucile zu schnell fahren mit dem immerhin sehr sicheren Kabriolett, das er ihr zu Weihnachten geschenkt hatte. Er hatte einen Freund vom *Auto-Journal* angerufen, um zu erfahren, welches der beste Sportwagen sei, der mit der besten Straßenlage, der sicherste, und so weiter. Zu Lucile hatte er gesagt, er sei ganz leicht zu haben gewesen und hatte getan, als habe er ihn gestern bei Gelegenheit gekauft und »unbekümmert«. Sie war begeistert gewesen. Aber wenn man ihn jetzt anriefe, um ihm zu sagen, daß man ein dunkelblaues Kabriolett auf der Landstraße gefunden habe, das sich über der Leiche einer jungen Frau überschlagen hätte, deren Papiere... Er stand auf. Er wurde albern.

Pauline trat mit dem Frühstückstablett ein. Er lächelte.

»Wie ist das Wetter?«

»Ein bißchen grau. Aber es riecht nach Frühling«, sagte Pauline.

Sie war sechzig und versorgte ihn seit zehn Jahren. Poetische Reflexionen lagen ihr nicht.

»Nach Frühling«, wiederholte er mechanisch.

»Ja, das hat Mademoiselle Lucile gesagt. Sie ist vor mir in die Küche gekommen. Sie hat eine Apfelsine gegessen und zu mir gesagt, sie müsse hinaus, es rieche nach Frühling.«

Sie lächelte. Charles hatte anfangs große Befürchtungen gehabt, sie würde Lucile hassen, aber nach zwei Monaten des Abwartens hatte sich Paulines moralische Haltung deutlich herausgestellt: »Lucile ist geistig zehn Jahre alt, und Monsieur, der es auch nicht viel weiter gebracht hat, ist nicht fähig, sie vor diesem Leben wirklich zu beschützen. Das wird Pauline besorgen müssen.« Mit bewundernswerter Energie also befahl sie Lucile zu ruhen, zu essen, nicht zu trinken, und Lucile war anscheinend entzückt und gehorchte ihr. Das gehörte zu den kleinen Mysterien seines Hauses, die Charles' Vernunftgründe über den Haufen warfen und ihn gleichzeitig begeisterten.

»Sie hat weiter nichts gegessen als eine Apfelsine?« fragte er.

»Weiter nichts. Aber Ihnen soll ich sagen, daß Sie draußen tief atmen sollen, weil es nach Frühling riecht.«

Paulines Stimme war ausdruckslos. War sie sich darüber klar, daß er um Luciles Botschaft bettelte? Zuweilen schlug sie die Augen vor ihm nieder, und dann spürte er, daß sie ihm nicht Lucile zum Vorwurf machte, sondern das Ausmaß seiner Leidenschaft. Diese ausgehungerte, schmerzliche Leidenschaft, die er zweifellos nur sie merken ließ, obwohl sie doch Luciles Persönlichkeit gelten ließ, mütterlich und ein wenig herablassend. Sie hätte ihn natürlich bedauern können, wenn er »einem Frauenzimmer« verfallen gewesen wäre anstatt, wie sie es nannte, einem »netten Mädchen«. Daß es so vielleicht schlimmer war, merkte sie nicht.

III

Die Wohnung von Claire Santré war zur Zeit des armen Santré luxuriös gewesen. Jetzt war sie etwas bescheidener, und man erkannte das an tausend Einzelheiten in der dürftigeren Einrichtung, den zwanzigmal aufgefärbten blauen Vorhängen und der Befangenheit der tageweise beschäftigten Bediensteten, die manchmal einen Augenblick zu lange suchten, welche der fünf Türen des großen Salons zur Anrichte führte. Trotzdem gehörte sie zu den behaglichsten Wohnungen der Avenue Montaigne, und die Abendgesellschaften von Claire Santré waren sehr begehrt. Sie war eine große, hagere, kräftige Frau, eine dieser blonden Frauen, die ebensogut dunkel sein könnten. Sie war etwas über fünfzig, sah nicht so aus und plauderte amüsiert über die Liebe wie eine Frau, die das nicht mehr interessiert, die aber schöne Erinnerungen hat. Infolgedessen mochten die Frauen sie gern, und die Männer machten ihr den Hof, ungeniert und mit viel Gelächter. Sie gehörte zu jener wackeren kleinen Schar der Fünfzigjährigen in Paris, die es fertig bringen, zu leben und in Mode zu bleiben – sie manchmal sogar zu machen. Claire Santré lud zu ihren großen Diners immer ein oder zwei Amerikaner oder einige Venezolaner und machte im voraus darauf aufmerksam, daß sie nicht sehr amüsant seien, sie aber geschäftlich mit ihnen zu tun habe. Sie dinierten bei ihr als einer Dame der Gesellschaft, folgten mühsam einer Konversation, die aus Rätseln, Andeutungen und unverständlichen Scherzen bestand, und man konnte nur hoffen, daß sie bei ihrer Rückkehr nach Caracas darüber eine hübsche Geschichte erzählen würden. Dadurch besaß Claire den Alleinvertrieb von venezolanischen Stoffen in Frankreich und umgekehrt, und ihren Empfängen fehlte es nicht an Whisky. Im übrigen war sie eine wendige Frau, und um nicht einfältig zu erscheinen, redete sie niemandem etwas Übles nach, solange es nicht unerläßlich war.

Zehn Jahre lang war Charles Blassans-Lignières einer der Eckpfeiler von Claires Diners. Er hatte ihr viel Geld geliehen und verlor nie ein Wort darüber. Er war reich, ein schöner Mann, er sprach wenig, aber zu gelegner Zeit, und ab und zu ließ er sich herbei, eine von Claires Schützlingen zur Geliebten zu nehmen. Das dauerte ein Jahr, manchmal auch zwei. Er nahm sie im August mit nach Italien und schickte sie zur Abwechslung nach Saint-Tropez, wenn sie über die sommerliche Hitze klagten oder nach Megève, wenn sie im Winter unter Müdigkeit litten. Das endete dann mit einem sehr schönen Geschenk, das ihre Verbindung zu Grabe läutete, im allgemeinen ohne daß man erfuhr warum, und sechs Monate später begann Claire sich wieder »um ihn zu kümmern«. Seit zwei Jahren nun war ihr dieser ruhige Mann, dieser nützliche Mann entwischt. Er hatte sich in Lucile verliebt, und Lucile war ungreifbar. Obwohl sie heiter, höflich und oft drollig war, weigerte sie sich hartnäckig, über sich oder Charles oder seine Pläne zu sprechen. Bevor sie Charles kennenlernte, arbeitete sie bei einer bescheidenen Zeitung, einem der Blätter, die sich als linksgerichtet ausgeben, damit sie ihre Mitarbeiter schlecht bezahlen können, deren Kühnheit aber nicht weiter geht. Sie arbeitete kaum noch für die Zeitung, und eigentlich wußte man überhaupt nicht, was sie den ganzen Tag trieb. Wenn sie einen Geliebten hatte, gehörte er nicht zu Claires Kreis, obwohl Claire ihr schon mehrere ihrer Musketiere geschickt hatte. Vergeblich. Am Ende mit ihrem Latein hatte Claire ihr eine dieser kleinen Balzacschen Affären vorgeschlagen, auf die sich Pariser Frauen häufig einlassen und die Lucile einen Nerz eingebracht hätten, darüber hinaus aber auch einen Scheck von Charles im Wert des Nerzes.

»Ich brauche kein Geld«, hatte Lucile gesagt. »Außerdem finde ich solche Geschichten abscheulich.«

Ihre Stimme klang spröde. Sie sah Claire nicht einmal an. Nach einem Augenblick der Beklemmung hatte Claire einen ihrer genialen Einfälle, die ihre Karriere rechtfertigten. Sie ergriff Luciles Hände.

»Danke, mein Kind. Sie müssen verstehen, ich liebe Charles wie meinen Bruder, und ich kenne Sie nicht. Entschuldigen Sie. Hätten Sie zugestimmt, dann hätte ich Angst um ihn gehabt, weiter nichts.«

Lucile hatte aufgelacht, und Claire, die vielleicht eine gefühlvolle Szene erhofft hatte, war ihre Unruhe nicht losgeworden bis zum ersten Diner, bei dem sie Charles wiedersah, der ganz derselbe geblieben war. Lucile verstand zu schweigen. Oder vielleicht zu vergessen.

Jedenfalls kündete sich dieser Frühling unheilvoll an. Claire murmelte vor sich hin, während sie ihre Tischordnung überprüfte. Johnny, der nach alter Tradition als erster gekommen war, folgte ihr auf Schritt und Tritt. Bis zu seinem fünfundvierzigsten Jahr war er homosexuell gewesen, aber jetzt ging es nach einem Arbeitstag und dem Essen im Restaurant über seine

Kräfte, um Mitternacht einen hübschen jungen Mann aufzutreiben. Er begnügte sich damit, ihnen in den Salons melancholisch nachzublicken. Das gesellschaftliche Leben tötet alles, selbst die Laster; das kann man frommen Seelen zu seiner Entlastung sagen. Johnny war also Claires Kavalier vom Dienst geworden. Er begleitete sie zu Premieren, zu Diners und nahm ein bißchen verlegen, aber mit bewundernswertem Takt ihre Gäste in Empfang. Übrigens hieß er Jean, aber alle fanden Johnny netter, er hatte sich damit abgefunden und innerhalb von zwanzig Jahren sogar einen leichten angelsächsischen Akzent angenommen.

»Woran denken Sie, meine Beste? Sie sehen ganz nervös aus.«

»Ich dachte an Charles. Ich dachte an Diane. Sie wissen doch, daß sie heute abend ihre große Liebe mitbringt. Ich habe ihn erst einmal gesehen, aber ich rechne kaum damit, daß er die Gesellschaft erheitert. Wie kann man dreißig sein, so gut aussehen und dabei so finster sein?«

»Diane sollte sich nicht mit Intellektuellen einlassen. Damit hat sie nie Glück gehabt.«

»Es gibt ganz amüsante Intellektuelle«, sagte Claire nachsichtig.

»Aber Antoine ist kein Intellektueller: er verwaltet nur ein Archiv bei Renoard, weiter nichts. Und was verdient man im Verlagswesen? Nichts. Das wissen Sie so gut wie ich. Dianes Vermögen reicht Gott sei Dank aus, um...«

»Ich glaube nicht, daß ihn das besonders interessiert«, sagte Johnny behutsam; er fand Antoine sehr schön.

»Das kommt noch«, antwortete Claire in dem müden Ton der Erfahrenen, »Diane ist über vierzig und hat Millionen, er ist dreißig und hat monatlich zweihundert Francs. Diese Gleichung kann nicht aufgehen.«

Johnny begann zu lachen, hörte aber sofort wieder auf. Er hatte eine Antifaltencreme aufgelegt, die ihm von Pierre-André empfohlen worden war, und keine Zeit gehabt, sie völlig trocknen zu lassen. Bis halb neun mußte er ein steinernes Gesicht machen. Aber es war ja schon halb neun. Also fing er wieder an zu lachen, und Claire warf ihm einen erstaunten Blick zu. Johnny war ein Engel, aber die paar Kugeln, die ihn 42 getroffen hatten, als er in der R.A.F. den Helden spielte, mußten etwas in seinem Gehirn beschädigt haben. Ein... wie hieß das, ein Lappen, ja, ein Lappen mußte betroffen sein. Sie betrachtete ihn belustigt. Wenn man bedachte, daß diese schmalen, weißen Hände, die jetzt ganz sanft die Blumen auf dem Tisch arrangierten, ein Maschinengewehr gepackt hatten, einen Steuerknüppel, brennende Flugzeuge bei Nacht und Nebel heimgebracht... Die Menschen waren wirklich unberechenbar. Man wußte nie »alles« über sie. Deshalb langweilte sie sich übrigens auch nie. Sie stieß einen langen befriedigten Seufzer aus, dem der straffe Sitz ihres Kleides rasch Einhalt gebot. Cardin übertrieb, wenn er in ihr eine Sylphide sah.

Lucile versuchte ein Gähnen zu unterdrücken; man brauchte nur die Luft von den Seiten ein- und vorn zwischen den Zähnen sachte wieder auszuatmen. Das sah ein bißchen kaninchenhaft aus, aber danach hatte man nicht die Augen voller Tränen. Dieses Diner nahm kein Ende. Sie saß zwischen dem guten Johnny, der sich seit Beginn des Essens mit besorgtem Gesicht die Wangen tätschelte, und einem schweigsamen, schönen jungen Mann, der der neue Geliebte von Diane Merbel sein sollte. Dieses Schweigen störte sie übrigens nicht. Sie hatte heute abend nicht die geringste Lust zu gefallen. Sie war zu früh aufgestanden. Sie versuchte, sich den Duft dieses vermaledeiten Windes in Erinnerung zu rufen und schloß sekundenlang die Augen. Als sie sie wieder öffnete, begegnete sie Dianes Blick, einem sehr harten Blick, über den sie sich wunderte. War sie in den jungen Mann so verliebt, oder eifersüchtig? Sie betrachtete ihn. Sein Haar war sehr blond, fast farblos, und er hatte ein eigensinniges Kinn. Er knetete Brotkügelchen. Eine ganze Reihe lag schon um seinen Teller. Das Gespräch ging um das Theater. Das war vorteilhaft, denn Claire schwärmte für ein Stück, das Diane nicht leiden konnte. Lucile gab sich einen Ruck und wandte sich an den jungen Mann.

»Haben Sie das Stück gesehen?«

»Nein. Ich gehe nie ins Theater. Und Sie?«

»Selten. Das letztemal habe ich diese reizende englische Komödie im *Atelier* gesehen, mit der Schauspielerin, die später mit dem Auto tödlich verunglückt ist. Wie hieß sie doch?«

»Sarah«, antwortete er sehr leise und ließ beide Hände auf den Tisch sinken.

Bei seinem Gesichtsausdruck versteinerte Lucile sekundenlang. Blitzartig dachte sie: Mein Gott, ist der unglücklich!

»Verzeihen Sie«, sagte sie.

Er wandte sich ihr zu und fragte tonlos: »Was?« Er schien sie nicht mehr zu sehen. Sie spürte, wie er neben ihr atmete, unregelmäßig, wie jemand, dem man einen Schlag gegeben hatte, und der Gedanke, daß sie es gewesen war, wenn auch noch so unbeabsichtigt, war ihr unerträglich. Sie war nicht gern gehässig, und erst recht nicht grausam.

»Wovon träumen Sie, Antoine?«

Dianes Stimme hatte einen eigenartigen Unterton, klang etwas zu ungezwungen, und ein Schweigen entstand. Antoine gab keine Antwort; er schien blind und taub.

»Ganz bestimmt träumt er«, rief Claire lachend. »Antoine, Antoine...«

Nichts. Jetzt herrschte völliges Schweigen. Die Gäste hielten inne, betrachteten den blassen, jungen Mann, der seinerseits eine ziemlich uninteressante Karaffe mitten auf dem Tisch anstarrte. Lucile legte jäh die Hand auf seinen Arm, und er erwachte.

»Wie bitte?«

»Ich sagte, Sie träumen«, erklärte Diane schroff, »und wir möchten gern wissen, wovon? Ist das indiskret?«

»Das ist immer indiskret«, meinte Charles.

Wie alle anderen blickte er Antoine jetzt aufmerksam an. Aus dem letzten Geliebten, vielleicht dem Gigolo von Diane, war plötzlich ein junger Mann geworden, der träumte. Und ein Hauch von Neid, von Wehmut ging über den Tisch.

In Claires Gedanken auch ein Hauch Groll. Schließlich war das ein Kreis von Auserwählten, bekannte, glänzende und unterhaltsame Leute, die über alles im Bilde waren. Dieser Junge hätte zuhören müssen, lachen, applaudieren. Wenn er von einem Abendessen mit einem kleinen Mädchen in einer Snack-Bar im Quartier Latin träumte, brauchte er ja Diane nur zu verlassen; sie gehörte zu den umworbensten, charmantesten Frauen von Paris. Sie trug ihre fünfundvierzig Jahre wirklich mit Würde. Heute abend allerdings nicht; sie war blaß und auf der Hut. Hätte Claire sie nicht so gut gekannt, dann hätte sie wahrscheinlich gedacht, Diane sei unglücklich. Sie nahm das Gespräch wieder auf.

»Wetten, daß Sie von einem Ferrari träumten? Carlos hat kürzlich einen gekauft. Ich habe ihn neulich fahren dürfen, und ich glaubte, meine letzte Stunde wäre gekommen. Und weiß Gott fährt er gut«, fügte sie mit leichter Verwunderung hinzu, denn da Carlos Anwärter auf irgendeinen Thron war, bewunderte Claire an ihm, daß er auch noch etwas anderes konnte, als in der Halle des *Crillon* zu sitzen und auf die Wiederkehr der Monarchie zu warten.

Antoine wandte sich zu Lucile und lächelte ihr zu. Er hatte hellbraune, fast gelbe Augen, eine kräftige Nase, einen breiten schönen Mund, etwas sehr Männliches, das zu seiner Blässe, zu seinem jugendlich feinen Haar einen Kontrast bildete.

»Ich bitte um Verzeihung«, sagte er leise, »Sie müssen mich ziemlich ungebildet finden.«

Er sah ihr voll ins Gesicht. Sein Blick ging nicht wie sonst gleichgültig über den Tisch oder ihre Schultern; er schien sie völlig aus den übrigen herauszuheben.

»In drei Sätzen haben wir uns schon zweimal gegenseitig um Verzeihung gebeten«, antwortete Lucile.

»Wir fangen mit dem Ende an«, sagte er vergnügt. »Paare bitten sich immer am Ende um Verzeihung, wenigstens einer von beiden. – Verzeih mir bitte, aber ich liebe dich nicht mehr.«

»Das ist noch ziemlich geschmackvoll. Was mich persönlich zur Verzweiflung treibt, ist der ehrbare Stil: ›Ich bitte dich, mir zu verzeihen. Ich glaubte dich zu lieben, aber ich habe mich geirrt. Es ist meine Pflicht, dir das zu sagen.‹«

»Das dürfte Ihnen nicht oft passiert sein«, sagte Antoine.

»Vielen Dank.«

»Ich meine, Sie dürften nicht vielen Männern Zeit gelassen haben, Ihnen das zu sagen. Ihr Gepäck war sicher schon im Taxi.«

»Zumal mein Gepäck aus zwei Pullovern und einer Zahnbürste besteht«, sagte Lucile lachend.

Er stutzte einen Augenblick:

»Nanu, ich dachte, Sie wären die Geliebte von Blassans-Lignières.«

»Schade«, fuhr es ihr durch den Kopf, »ich hielt ihn für intelligent.« Sie hielt es für vollkommen unmöglich, daß Gehässigkeit und Intelligenz nebeneinander bestanden.

»Allerdings«, sagte sie, »Sie haben recht. Wenn ich jetzt abreiste, wäre mein Wagen voller Kleider. Charles ist sehr großzügig.«

Sie hatte ruhig gesprochen. Antoine schlug die Augen nieder.

»Entschuldigen Sie. Ich finde dieses Diner und dieses Milieu abscheulich.«

»Kommen Sie doch nicht mehr. In Ihrem Alter ist das überhaupt gefährlich.«

»Wissen Sie, mein Kind«, sagte Antoine und sah plötzlich ärgerlich aus, »ich bin ganz bestimmt älter als Sie.«

Sie lachte auf. Zwei Blicke trafen sie, die von Diane und Charles. Man sah ihren »Schützlingen« gegenüber, Seite an Seite, am anderen Ende der Tafel sitzen, die Eltern auf der einen Seite, die Kinder auf der anderen. Große Kinder von dreißig Jahren, die sich sträubten, erwachsen zu werden. Lucile hörte auf zu lachen: sie machte nichts aus ihrem Leben, sie liebte niemanden. Wie sinnlos. Wäre sie nicht so glücklich gewesen, auf der Welt zu sein, hätte sie sich umbringen müssen.

Antoine lachte. Diane litt. Sie hatte ihn mit einer anderen lachen sehen. Mit ihr lachte Antoine nie. Fast hätte sie lieber gesehen, wenn er Lucile geküßt hätte. Dieses Lachen war entsetzlich und dieses junge Gesicht, das er plötzlich hatte. Worüber lachten sie? Sie warf Charles einen Blick zu, aber der sah gerührt aus. Seit zwei Jahren war Charles übrigens nicht mehr gescheit. Diese kleine Lucile hatte Charme, sie benahm sich gut, aber sie war keine Schönheit und auch kein großes Licht. Antoine übrigens auch nicht. Sie hatte viel schönere Männer gehabt als Antoine, die verrückt nach ihr waren. Ja, verrückt – aber das war es eben, sie liebte Antoine. Sie liebte ihn, sie wollte, daß er sie liebte, sie wollte ihn eines Tages ganz in der Hand haben, er sollte diese kleine tote Schauspielerin vergessen, er sollte nur noch sie sehen. Diane, Sarah... Wie oft hatte sie diesen Namen gehört: Sarah. Anfangs hatte er mit ihr darüber geredet, bis sie ihm eines Tages erschöpft erklärt hatte, Sarah habe ihn betrogen, alle Welt wüßte es. »Ich weiß es auch«, hatte er mit unbeteiligter Stimme gesagt, und dann hatten sie diesen Namen nicht mehr ausgesprochen. Aber nachts im Schlaf murmelte er ihn. Bald... bald sollte es ihr Name sein, den er flüsterte, wenn er sich im Schlummer herumdrehte und seinen Arm in der Dunkelheit über ihren Leib legte. Plötzlich spürte sie, daß sie die Augen voller Tränen hatte. Sie begann zu husten, und Charles klopfte ihr freundlich auf den Rücken. Dieses Diner nahm kein Ende. Claire Santré hatte ein bißchen zu viel getrunken, das kam immer öfter vor. Sie redete über Malerei mit viel mehr Überzeugung als Sachkenntnis und Johnny, der kunstverständig war, sah aus wie ein Gefolterter.

»Na und ich«, endete Claire, »als der Junge mit diesem Ding unter dem Arm bei mir erschienen ist, und als ich dieses Bild ans Licht gehalten habe und glaubte, ich würde kurzsichtig, wissen Sie, was ich ihm gesagt habe?«

Die Gesellschaft deutete gelangweilt an, sie wisse es nicht.

»Ich habe ihm gesagt: ›Monsieur, ich glaubte, Augen zu haben, um zu sehen, nun, ich täuschte mich, ich sehe nichts auf diesem Bild, Monsieur, nichts.‹«

Und mit sprechender Gebärde, die zweifellos die Leere des Bildes veranschaulichen sollte, stieß sie ihr Weinglas um. Ein jeder benutzte die Gelegenheit, um sich zu erheben. Lucile und Antoine mit gesenkten Köpfen, denn sie lachten wie närrisch.

IV

Man spricht niemals genug von den Kräften, von den Gefahren, von der Macht des gemeinsamen Lachens. Die Liebe kann es ebensowenig entbehren wie die Freundschaft, das Begehren oder die Verzweiflung. Antoine und Lucile wurden von diesem Lachen überfallen wie zwei Schulkinder. Beide wurden sie von ernsthaften Menschen begehrt, entkleidet, geliebt, sie waren sich bewußt, daß sie auf diese oder jene Weise gestraft würden, und gaben sich in einer Ecke des Salons ihrem närrischen Gelächter hin. Wenn auch das Pariser Protokoll die Liebenden bei einem Diner trennt, so verlangt es doch anschließend eine kleine Atempause, wo jeder mit zerstreuter Miene seinen Bettgefährten aufsucht und mit ihm ein paar Kommentare, ein paar liebe Worte oder ein paar Vorwürfe wechselt. Diane erwartete, daß Antoine zu ihr käme, und Charles hatte sich Lucile genähert. Die aber blickte mit tränenden Augen hartnäckig zum Fenster hinaus, und sobald sie Antoine ansah, der neben ihr stand, wandte sie sich hastig ab, während er das Gesicht im Taschentuch vergrub. Claire versuchte eine Weile, sie zu übersehen, aber es war deutlich, daß sich Neid und leiser Groll im Salon breitmachten. Sie schickte Johnny ein Kopfnicken, das bedeuten sollte, »sagen Sie diesen Kindern, sie möchten sich anständig benehmen, oder sie werden nicht wieder eingeladen«; ein Kopfnicken, das leider von Antoine bemerkt wurde, so daß er sich an die Wand lehnen mußte. Johnny setzte eine heitere Miene auf:

»Seien Sie nett, Lucile, sagen Sie mir, was los ist, ich komme um vor Neugier.«

»Nichts«, sagte Lucile, »nichts, nichts ist los, das ist eben das Schreckliche.«

»Schrecklich!« beteuerte Antoine. Er war vollkommen zerzaust, verjüngt, strahlend, und Johnny packte einen Moment heftiges Verlangen.

Aber nun kam Diane. Sie war zornig, und der Zorn stand ihr gut. Ihre berühmte würdevolle Haltung, ihre gefeierten schwarzen Augen, ihre überschlanke Figur machten sie zu einem ausgezeichneten Schlachtroß.

»Was mögt ihr euch Komisches erzählt haben?« sagte sie in gekonntem Ton, der Argwohn und Nachsicht verspüren ließ, aber vor allem Argwohn.

»Oh, wir, nichts«, sagte Antoine unschuldsvoll. Und dieses »Wir«, das sie ihm nie hatte abringen können, bei keinem Plan, keiner Erinnerung, brachte Diane vollends in Harnisch.

»Dann hört endlich auf, euch wie ungebildetes Volk zu benehmen«, sagte sie. »Wenn ihr schon nicht amüsant seid, seid höflich.«

Sekundenlang herrschte Schweigen, Lucile fand es normal, daß Diane ihren Geliebten anschnauzte, aber dieser Plural erschien ihr ein bißchen übertrieben.

»Sie verlieren den Kopf«, sagte sie. »Sie haben mir nicht das Lachen zu verbieten.«

»Mir auch nicht«, erklärte Antoine bedächtig.

»Entschuldigen Sie mich, ich bin abgespannt«, sagte Diane. »Guten Abend. Können Sie mich heimbegleiten, Charles«, sagte sie zu dem Bedauernswerten, der nähergetreten war. »Ich habe heftige Kopfschmerzen.«

Charles willigte ein, und Lucile lächelte ihm zu:

»Ich sehe Sie zu Hause wieder.«

Nach ihrem Aufbruch erhob sich das übliche fröhliche Dreiminuten-Blabla, das in Abendgesellschaften solch einem Auftritt folgt, bevor man sich Kommentaren zuwendet, und Lucile und Antoine blieben für sich. Sie schaute ihn nachdenklich an und lehnte sich an den Balkon. Er rauchte mit ruhigem Gesicht.

»Ich bin untröstlich«, sagte sie. »Ich hätte nicht die Nerven verlieren dürfen.«

»Kommen Sie«, sagte er. »Ich bringe Sie heim, bevor es dramatisch wird.«

Claire drückte ihnen mit verständnisvoller Miene die Hand. Sie hatten recht, daß sie heimgingen, auch sie wußte noch, was es hieß, jung zu sein. Ein reizendes Paar, die beiden. Sie könnte ihnen helfen... aber nein, da war Charles Blassans-Lignières; wo hatte sie heute abend ihren Kopf?

Paris war schwarz, leuchtend, verführerisch, und sie beschlossen, zu Fuß zu gehen. Die Erleichterung, die sie zuletzt verspürt hatten, als sie das Verständnis heuchelnde Gesicht von Claire hinter der Tür verschwinden sahen, verwandelte sich in jähes Verlangen, einander zu verlassen oder kennenzulernen, jedenfalls etwas Gewaltsames als Schlußpunkt unter diesen angerissenen Abend zu setzen. Lucile hatte überhaupt keine Lust, auch nur eine Sekunde die Rolle zu spielen, die ihr die Blicke der Gäste beim Abschied angetragen hatten: die Rolle der jungen Frau, die ihren alten Beschützer eines schönen jungen Mannes wegen verläßt. Das kam nicht in Frage. Sie hatte einmal zu Charles gesagt: »Ich werde Sie vielleicht unglücklich machen, aber lächerlich nie.« Und wirklich die paar Mal, da sie ihn betrogen hatte, hatte er nichts davon geahnt. Dieser Abend war lächerlich. Was tat sie mit diesem Fremden auf der Straße? Sie wandte sich ihm zu und lächelte ihn an:

»Machen Sie kein so finsteres Gesicht. Wir trinken unterwegs ein Glas, mögen Sie?«

Aber sie tranken mehr als das eine. Sie besuchten fünf Bars, zwei ließen sie aus, weil Antoine es unerträglich fand, mit jemand anderem als Sarah hineinzugehen, und sie redeten. Redend liefen sie über die Seine, und zurück gingen sie die Rue de Rivoli bis zur Place de la Concorde hinauf, betraten Harrys Bar und gingen wieder. Der Morgenwind hatte sich von neuem erhoben. Lucile taumelte vor Müdigkeit, Whisky und Wachsamkeit.

»Sie betrog mich«, sagte Antoine, »sehen Sie, die Ärmste meinte, daß das nötig sei, mit Produzenten oder Journalisten zu schlafen, sie belog mich unaufhörlich, und ich verachtete sie, ich spielte den Stolzen, den Ironischen, ich verurteilte sie. Mit welchem Recht, mein Gott, sie liebte mich, zweifellos, ja, sie liebte mich, was hat sie schon von mir gehabt...«

»An jenem Abend vor ihrem Tode bat sie mich fast flehentlich, ich sollte verhindern, daß sie nach Deauville führe. Aber ich habe zu ihr gesagt: ›Fahr nur, fahr nur, es macht dir doch Spaß.‹ Ich Idiot, ich eingebildeter Idiot.«

Sie überquerten eine Brücke. Er wollte Antwort haben.

»Ich habe niemals das geringste verstanden«, sagte Lucile. »Das Leben ist mir logisch vorgekommen, bis ich meine Eltern verlassen habe. Ich wollte in Paris studieren. Ich träumte. Seitdem habe ich überall Eltern gesucht, bei meinen Geliebten, bei meinen Freunden; ich ertrage es, nichts zu haben, nicht den geringsten Plan, nicht die geringste Sorge. Das Leben ist mir angenehm, es ist schrecklich, warum weiß ich nicht, aber irgend etwas in mir ist mit dem Leben einverstanden, wenn ich morgens erwache. Ich könnte mich nie ändern. Was kann ich nur tun? Arbeiten? Ich bin unbegabt. Lieben müßte ich vielleicht wie Sie. Antoine, Antoine, was machen Sie mit Diane?«

»Sie liebt mich«, sagte Antoine. »Und ich mag große, schlanke Frauen wie sie. Sarah war klein und dick, und darüber weinte ich vor Rührung. Verstehen Sie das? Aber sonst langweilte sie mich.«

Die Müdigkeit stand ihm gut. Sie gingen die Rue du Bac hinauf, und einmütig betraten sie eine fahle Stehkneipe. Ohne Lächeln sahen sie einander an und auch ohne Ernst. Die Juke-Box spielte einen alten Straußwalzer, nach dem ein Betrunkener Walzerschritte improvisierte, gefährlich nah an der Theke. »Es ist spät, es ist sehr spät«, klagte eine leise Stimme in Lucile. »Charles muß sich zu Tode sorgen. Dieser Junge gefällt dir nicht einmal, geh heim.«

Und plötzlich fand sich ihre Wange auf Antoines Jackett. Er drückte sie mit einem Arm an sich, sein Kopf lag auf ihrem Haar, er sagte nichts. Sie spürte, wie eine seltsame Ruhe sie befiel. Der Wirt, der Betrunkene, die Musik, die Lichter waren immer dagewesen; oder vielleicht hatte sie selbst nie existiert. Sie wußte nichts mehr. Mit einem Taxi setzte er sie vor ihrer Tür ab, und sie sagten sich höflich auf Wiedersehen, ohne sich im geringsten ihre Adressen zu geben.

V

Aber man hatte sie rasch wieder zusammengebracht. Diane hatte eine Szene gemacht, und nicht einer der Damen, die an diesem Diner teilgenommen hatten, wäre es hinfort in den Sinn gekommen, Diane ohne Charles einzuladen, oder genauer, Antoine ohne Lucile. Diane hatte das Lager gewechselt: aus dem Lager der Henker, in dem sie zwanzig Jahre lang ihre Stellung wacker gehalten hatte, war sie in das der Opfer übergegangen. Sie war eifersüchtig, hatte das gezeigt und war verloren. Sanftraunendes Halali ging um im Pariser Frühling. Durch eine der seltsamen Umkehrungen, die diesem Milieu eigentümlich sind, wurde alles zu ihrem Untergang, was zuvor ihr Prestige, ihre Stärke ausgemacht hatte: ihre Schönheit, »die nicht mehr die ihrer Jugend war«, ihre Juwelen, die nicht »genügten« (obwohl ihr unbedeutendstes Schmuckstück eine Woche früher jeder ihrer Freundinnen bei weitem genügt hätte), bis zu ihrem Rolls-Royce, »der wenigstens würde ihr bleiben«. Arme Diane: Der Neid hatte alles umgedreht wie einen Handschuh; sie würde sich mit Schminke das Gesicht verderben, sich wegen ihrer Diamanten das Herz zermartern, einen Pekinesen in ihrem Auto spazierenfahren. Endlich, endlich war sie bedauernswert.

Sie wußte das alles. Sie kannte ihre Stadt genau, und sie hatte mit dreißig Jahren das Glück gehabt, einen intelligenten Schriftsteller zu heiraten, durch den sie einiges im Räderwerk dieser Maschinerie begriffen hatte, bevor er regelrecht entsetzt die Flucht ergriff. Diane hatte einen gewissen Mut, sie verdankte ihn gleichermaßen ihrer irischen Abstammung, einem sadistischen Kindermädchen ihrer frühen Jugend und einem eigenen so beachtlichen Vermögen, daß sie sich nie jemandem hatte unterzuordnen brauchen. Schicksalsschläge beugen den Rücken, wie man so sagt, besonders den der Frauen. Und Diane, die den Leidenschaften fast entgangen war, die nie einem Mann mehr Aufmerksamkeit gezollt hatte als er ihr, erkannte mit Schaudern, wie sie Antoine von hinten belauerte. Und schon sann sie, um ihn zu halten, auf andere Mittel als die Leidenschaft.

Was wollte er? Geld liebte er nicht. Er verdiente bei seinem Verleger eine lächerliche Summe und weigerte sich ganz einfach, auszugehen, wenn er sie nicht einladen konnte. Das verurteilte sie dazu, oft daheim mit ihm allein zu Abend zu essen, ein Programm, das ihr sechs Monate zuvor undenkbar erschienen wäre. Zum Glück gab es all die Premieren, die Soupers, die Diners, all diese Gratis-Lustbarkeiten, die Paris den Leuten bietet, die es nicht nötig haben. Antoine pflegte bisweilen mit unergründlichem Gesicht zu sagen, er liebe nichts als Bücher und eines Tages würde er im Verlag Erfolg haben. Und wirklich ging er bei den Diners nur aus sich heraus, wenn er jemanden fand, der imstande war, ein bißchen ernsthaft mit ihm über Literatur zu sprechen. Da es dieses Jahr Mode war, einen Schriftsteller zum Geliebten zu haben, hatte Diane, etwas aufgemuntert, mit ihm vom Prix Goncourt gesprochen, aber er behauptete, nicht schreiben zu können, und schlimmer noch, das Gegenteil sei unumgänglich, um ein Buch zu verbrechen. Sie hatte ihn trotzdem beredet: »Ich bin sicher, wenn du nur wolltest...« – »Denk an den kleinen X...« – »Nein, nein«, hatte Antoine geschrien, und er schrie sonst nie. Nein, er wollte Archivar bleiben, bei Renoard mit zweihunderttausend Francs im Monat, und wollte auch in fünfzig Jahren noch Sarah nachweinen. Unterdessen liebte sie ihn.

Sie hatte in der Nacht nach dem Diner nicht geschlafen: Antoine war im Morgengrauen zurückgekehrt, sicherlich betrunken, und jetzt zu Haus. Stündlich hatte sie ihn angerufen, wollte einhängen, sobald sie seine Stimme hörte, sie wollte nur wissen, wo er war. Um halb sieben hatte er den Hörer abgenommen und mit kindlicher Stimme gemurmelt »ich bin müde«, ohne überhaupt zu fragen, wer am Apparat sei. Er mußte sich in den Bars von Saint-Germain herumgetrieben haben, vielleicht mit Lucile. Aber sie durfte nicht mit ihm von Lucile anfangen, man durfte nie beim Namen nennen, wovor man Angst hatte. Am nächsten Tag rief sie Claire an, entschuldigte sich für ihren hastigen Aufbruch. Den ganzen Abend habe sie solches Kopfweh gehabt.

»Sie sahen wirklich sehr schlecht aus«, sagte Claire herablassend und verständnisvoll.

»Ich werde nicht jünger«, antwortete Diane frostig, »und diese jungen Leute sind ziemlich anstrengend.«

Claire lachte verständnisinnig. Anspielungen waren ihr eine Lust, vielmehr schlüpfrige Deutlichkeiten, und niemand konnte sich präziser und technischer über männliche Qualitäten ihrer Geliebten auslassen als eine Mondäne gegenüber einer anderen Mondänen. Fast als sei ihnen durch den ständigen Gebrauch leidenschaftlicher Adjektiva für ihre Schneider nichts anderes für die Geliebten übriggeblieben als Maß- und Gewichtsangaben. Es kam also zu ein paar ziemlich schmeichelhaften Kommentaren über Antoine. Claire wurde ein bißchen nervös, denn Diane äußerte sich nicht. Sie half nach:

»Diese kleine Lucile ist ein bißchen aufreizend mit ihrem albernen Schulmädchenlachen. Sie ist fast dreißig, nicht?«

»Sie hat schöne graue Augen«, sagte Diane. »Und wenn das dem guten Charles Spaß macht.«

»Zwei Jahre mit ihr müssen aber ganz schön langweilig sein«, seufzte Claire.

»Mit ihm auch, Liebste, vergessen Sie das nicht«, und bei dieser schlagfertigen Bemerkung brachen sie in Lachen aus und hängten entzückt ein. Diane glaubte dem Zwischenfall die Schärfe genommen zu haben, und Claire konnte sagen, daß die kapriziöse Diane, die immer nach ihrem Kopf handelte, mittags bei ihr angerufen hatte, um sich zu entschuldigen. Diane hatte den wichtigsten Grundsatz vergessen: daß man sich in Paris nie für etwas entschuldigen darf und daß man tun kann, was immer man will, solange man es fröhlich tut.

Johnny ließ also auf Claires Anweisungen Charles Blassans-Lignières zu einer Theaterpremiere einladen, zu der sich auch Diane einfinden würde. Man vereinbarte anschließend, »nur im Freundeskreis« irgendwo zu dinieren. Abgesehen von dem Spaß, den ihr das Zusammentreffen Lucille–Antoine einbringen würde, konnte Claire sicher sein, daß Charles automatisch das Diner bezahlen würde. Das war sehr bequem, denn schließlich war Johnny im Augenblick praktisch ruiniert. Diane konnte man nicht bezahlen lassen, und sie konnte sich nicht erinnern, ob sie daran gedacht hatte, einen weiteren reichen Mann einzuladen. Diese Sorte wurde heute langsam kostbar und selten, da nur solche Männer wahrhaft luxuriös lebten, die von Männern ausgehalten wurden. Im übrigen würde das Stück sicherlich sehr amüsant sein, denn es war von Bijou Dubois, und Bijou Dubois wußte, was Theater ist.

»Ich kann es nicht ändern, mein Schatz«, sagte sie zu Johnny, als das Taxi sie ins *Atelier* brachte, »ich will von eurem modernen Theater nichts mehr wissen. Wenn ich sehe, wie die Schauspieler im Sessel sitzen und Phrasen über das Leben dreschen, langweile ich mich tot. Ich verhehle Ihnen nicht«, sagte sie nachdrücklich, »da ist das Boulevard-Theater mir lieber. Hören Sie zu, Johnny?«

Johnny, dem sie die Rede in dieser Saison zum zehntenmal hielt, nickte mit dem Kopf. Claire war reizend, aber ihre Vitalität ging ihm auf die Nerven, und ihn packte plötzlich die Lust, auszusteigen, den menschenwimmelnden Boulevard de Clichy hinaufzugehen, Pommes frites aus der Tüte zu essen oder sich sogar von irgendeinem Lumpen ködern zu lassen. Claires Ränke erschienen ihm zu simpel, und er war immer wieder erstaunt, wenn etwas dabei herauskam.

An der Place Dancourt machten die Geladenen die Runde, begrüßten sich und versicherten, dies sei das hübscheste Theater von Paris, und dieser kleine Platz sei völlig kleinstädtisch. Lucile trat von Charles begleitet aus einem Café, setzte sich auf eine Bank und aß ein riesiges belegtes Brötchen. Nach einiger Mißbilligung taten es ihr ein paar Hungrige nach. Lautlos erschien Dianes Wagen und hielt zufällig genau vor der Bank. Zuerst kam Antoine heraus, half Diane aussteigen und wandte sich um. Er erblickte Lucile mit vollem Mund und zufriedenem Gesicht und Charles, der sich verlegen erhob, um Diane zu begrüßen.

»Mein Gott, Sie machen Picknick? Eine gute Idee«, sagte Diane.

Sie hatte rasche Blicke um sich geworfen und hatte Edmée de Guilt entdeckt und Doudou Wilson und Madame Bert, die auf anderen Bänken dasselbe taten.

»Es ist neun, vor einer Viertelstunde fangen sie nicht an. Antoine, seien Sie nett, laufen Sie in das Café, ich bin völlig ausgehungert.«

Antoine zögerte. Lucile sah, wie er das Café betrachtete, dann Diane, schließlich ergeben die Achseln zuckte und über die Straße ging. Er stieß die Tür auf. Da sah Lucile, wie der Wirt aufsprang, hinter der Theke hervorkam und Antoine mit betrübtem Gesicht die Hand drückte. Auch der Kellner kam herbei. Von Antoine sah sie nur den Rücken, sie hatte den Eindruck, daß er zurückwich, daß er langsam zusammensank, als hagelten Schläge auf ihn nieder. Jäh erinnerte sie sich: Sarah.

Dasselbe Theater, die Proben, das Café, wo Antoine sie erwarten mußte. In das er nie zurückkehren wollte.

»Aber was macht denn Antoine?« fragte Diane. »Betrinkt er sich ganz allein?«

Sie wandte sich um und sah, wie Antoine versuchte, rückwärts zur Tür herauszukommen, ohne Brötchen und so, als ob er sich entschuldigte. Auch die Wirtin war herbeigeeilt, sie schüttelte den Kopf, hielt Antoines Hand fest. Sicher hatte er früher während des Wartens mit ihr gelacht. Während der Proben war es immer sehr fidel in den Theater-Cafés.

»Was hat er nur?« sagte Diane.

»Sarah«, sagte Lucile, ohne sie anzusehen.

Der Name war ihr unangenehm, aber man durfte Antoine keine Fragen stellen, man durfte ihn nicht ansprechen. Mit einem Gesicht wie ein Blinder kam er auf sie zu. Diane begriff mit einemmal, und sie wandte sich so heftig zu Lucile um, daß diese zurückwich. Und wirklich hätte Diane sie beinahe geschlagen: dieses Mädchen wußte also auch das. Dazu hatte sie nicht das Recht, Antoine gehörte ihr, auch sein Lachen und sein Kummer gehörten ihr. An ihrer Schulter träumte er nachts von Sarah. Sie war es immerhin, der er die Erinnerungen an Sarah vorzog. Im Theater wurde geläutet. Sie nahm Antoines Arm, zog ihn fort. Abwesend ließ er es geschehen. Er begrüßte höflich ein paar Kritiker, ein paar Freunde von Diane. Er half ihr auf den Platz. Die drei Gongschläge ertönten, und im Dunkeln neigte sie sich zu ihm:

»Mein armer Liebling«, sagte sie...

Und sie ergriff seine Hand, die er ihr ließ.

VI

In der Pause bildeten sie zwei getrennte Gruppen. Lucile und Antoine lächelten sich von weitem zu, und zum ersten Male gefielen sie einander. Er beobachtete sie beim Sprechen, sie lehnte zerstreut an Charles breiter Schulter, und ihre Nackenlinie, ihr leicht belustigter Mund zogen ihn an. Er hatte Lust, durch die Menge auf sie zuzugehen und sie zu küssen. Schon lange hatte er nicht mehr so kaltblütig eine unbekannte Frau begehrt. Genau in diesem Augenblick wandte sie sich um, begegnete Antoines Blick und stand unbeweglich, weil sie den Sinn dieses Blickes begriff, um ihn dann mit einem kleinen genierten Lächeln zu beantworten. Sie hatte nie an Antoines Schönheit gedacht, er mußte sie wohl erst begehren, damit ihr diese Schönheit aufging. Ihr Leben lang war sie übrigens so gewesen, daß sie sich – durch glücklichen Zufall oder ein fast pathologisches Grauen vor Schwierigkeiten – nur für andere interessierte, die sich auch für sie interessierten. Als sie Antoine jetzt den Rücken kehrte, sah sie seinen schönen Mund vor sich, die Goldfarbe seiner Augen, und sie fragte sich, wie überspannt sie wohl gewesen waren, daß sie sich neulich abend nicht geküßt hatten. Charles merkte, daß sie von seiner Schulter wich, schaute sie an und erkannte sofort den nachdenklichen, sanften, fast ergebenen Gesichtsausdruck, den Lucile bekam, wenn ihr jemand gefiel. Er wandte sich um und erblickte Antoine.

Am Ausgang bildete sich die kleine Gruppe wieder. Claire erging sich begeistert über das Stück, den

Schmuck einer Maharani, das milde Wetter, sie war ganz in euphorischer Verzückung. Über das Restaurant konnte man sich nicht einig werden. Endlich beschloß man, zum Essen nach Marnes zu fahren, denn es war klar, der Rasen und die Abendluft würden Claires ganzes Glück bedeuten. Dianes Chauffeur wartete, aber Charles trat plötzlich auf sie zu.

»Diane, seien Sie nett, nehmen Sie mich mit. Wir sind in Luciles Kabriolett gekommen, und ich fühle mich heute abend alt und erkältet. Vertrauen Sie ihr Antoine an.«

Diane zuckte nicht mit der Wimper. Claire dagegen blickte die vier mit aufgerissenen und verständnislos rollenden Augen an.

»Aber selbstverständlich«, sagte Diane, »bis gleich, Antoine, fahren Sie nicht zu schnell.«

Sie stiegen alle vier in ihre Wagen. Lucile und Antoine blieben etwas verdutzt auf dem Trottoir zurück. Weder Charles noch Diane wandten den Kopf. Claire dagegen zwinkerte ihnen zu; das war ihnen peinlich, und sie taten beide, als sähen sie es nicht. Lucile war nachdenklich. Es lag wohl in Charles' Charakter, sich selbst zu quälen, aber wie konnte er einen Wunsch ahnen, der ihr selbst erst vor einer Stunde bewußt geworden war? Das war ziemlich unangenehm. Sie hatte Charles bisher nur mit Jungen betrogen, von denen sie wußte, daß er ihnen nie begegnen würde. Wenn sie eins in dieser Gesellschaft nicht ausstehen konnte, so war es das Einverständnis von zwei Liebenden hinter dem Rücken des dritten und das belustigte Lachen solcher Zeugen wie Claire. Davon wollte sie nichts wissen. Antoine legte die Hand auf ihre Schulter, und sie schüttelte den Kopf. Immerhin, das Leben war einfach, das Wetter mild, und dieser Junge gefiel ihr. Man würde sehen. Nicht zu zählen, wie oft sie sich im Laufe ihres dreißigjährigen Daseins schon gesagt hatte, »man wird sehen«. Sie fing an zu lachen.

»Warum lachen Sie?« sagte Antoine.

»Ich lache über mich selbst. Der Wagen steht weiter oben. Wo habe ich die Schlüssel gelassen? Wollen Sie fahren?«

Antoine steuerte zuerst, sie fuhren wortlos, atmeten im offenen Wagen die Nachtluft ein, beunruhigt. Antoine fuhr langsam. Am Etoile erst wandte er sich zu ihr um:

»Warum hat Charles das getan?«

»Ich weiß nicht«, sagte sie.

Im gleichen Augenblick wurden sie sich darüber klar, daß sie mit diesen beiden Sätzen und den flüchtigen Blicken in der Pause eingestanden hatten, daß jetzt etwas zwischen ihnen war, was sie nicht rückgängig machen konnten. Sie hätte antworten müssen: »Was? das?« und damit Charles Geste in den weisen Entschluß eines erkälteten Mannes verwandeln. Zu spät. Sie hatte nur noch den einen Wunsch, rasch ins Restaurant zu gelangen. Oder daß sich Antoine gewöhnlich benähme, daß er eine etwas gemeine Bemerkung machte und sie ihn sofort los würde. Aber Antoine sagte nichts. Jetzt fuhren sie durch den Bois de Boulogne, die Seine entlang, sie mußten aussehen wie zwei Verliebte aus vornehmen Kreisen in ihrem brummenden Kabriolett. Sie war die Tochter der Filatures Dupont, er der Sohn der Sucres Dubois, sie wollten in acht Tagen mit dem Einverständnis ihrer Familien in Chaillot heiraten. Sie würden zwei Kinder haben.

»Wieder eine Brücke«, sagte Antoine, als er nach Marnes einbog. »Über wie viele Brücken sind wir zusammen gekommen!«

Das war die erste Anspielung auf ihren Abend. Lucile fiel plötzlich ein, daß sie in dem kleinen Café das Gesicht an sein Jackett gedrückt hatte. Das hatte sie vollständig vergessen. Sie wurde verlegen:

»Das ist wahr. Wirklich...«

Sie machte eine unbestimmte Handbewegung, und Antoines Hand fing die ihre, drückte sie sanft und hielt sie fest. Sie kamen in den Park. »Schön«, dachte Lucile, »er hält meine Hand, während wir durch den Park fahren, es ist Frühling, kein Grund zur Aufregung. Ich bin nicht mehr sechzehn.« Aber ihr Herz klopfte schwer, und ihr war, als wiche das Blut aus ihrem Gesicht, ihren Händen, strömte zur Kehle, schnürte sie zu. Als er den Wagen anhielt, konnte sie keinen klaren Gedanken mehr fassen. Er nahm sie in die Arme, küßte sie heftig, und sie bemerkte, daß er ebenso bebte wie sie. Er richtete sich auf, schaute sie an, sie erwiderte seinen Blick vollkommen reglos, bis er sich wieder über sie beugte. Jetzt küßte er sie langsam und ernst, er küßte ihre Schläfen, ihre Wangen, wieder ihren Mund, und als sie dieses ruhige, wache Gesicht über sich sah, wußte sie schon, daß sie es oft so wiedersehen würde und daß sie nichts dagegen tun konnte. Sie hatte vergessen, daß man jemanden derartig begehren konnte. Sie mußte geträumt haben. Wie lange? Zwei Jahre oder drei? Aber sie konnte sich nicht auf ein anderes Gesicht besinnen.

»Was ist nur mit mir los«, sagte beunruhigt Antoines Stimme in ihrem Haar, »was ist nur mit mir los?...«

Sie lächelte, Antoine spürte, wie Luciles Wange sich an der seinen kräuselte, und er lächelte auch.

»Wir müssen zurück«, sagte sie leise.

»Nein«, sagte Antoine, »nein.« Aber gleich darauf löste er sich von ihr, und weil ihnen das unmittelbar wehtat, begriffen sie vollends.

Antoine fuhr sehr schnell an, und Lucile schminkte sich total verkehrt. Der Rolls-Royce war bereits da, und plötzlich wurde ihnen klar, daß sie ihn durchaus in Paris hätten überholen können, daß er hinter ihnen in den Park hätte fahren können, um sie mit seinen Scheinwerfern wie zwei Nachtvögel zu überraschen. Daran hatten sie keine Sekunde gedacht. Aber er thronte dort auf dem kleinen Platz, ein Symbol der Macht, des Luxus und ihrer Clique, und als das kleine Kabriolett neben ihm parkte, sah es lächerlich jung und zerbrechlich aus.

Lucile schminkte sich ab. Sie fühlte sich vollkommen erschöpft, und sie betrachtete die kleinen Runzeln, die in ihren Augen- und Mundwinkeln entstanden, und fragte sich, was sie bedeuteten, wovon und von wem sie herrühren mochten. Das waren nicht die Runzeln der Leidenschaft, auch nicht die Runzeln der Mühsal. Sicherlich waren es die Zeichen der Leichtfertigkeit, des Müßigganges, des Vergnügens, und einen Augenblick graute ihr vor sich selbst. Sie strich sich mit der Hand über die Stirn; seit einem Jahr kamen ihr immer häufiger solche Momente des Ekels vor sich selbst. Sie mußte ihren Arzt aufsuchen. Es mußte Nervensache sein. Sie würde ein paar Vitamine schlucken und könnte weiter vergnügt ihr Leben vergeuden (oder es träumen). Sie hörte sich wie im Zorn die Worte sagen:

»Charles...? Warum haben Sie mich mit Antoine allein gelassen?«

Zugleich wußte sie, daß sie den Auftritt suchte, das Drama, irgend etwas anderes als diesen anhaltenden Ekel. Und bezahlen würde Charles, leiden würde Charles. Daß sie nur das Extreme liebte, war das eine, daß sie andere darunter leiden ließ, war eine andre Sache. Aber der Satz war schon heraus und flog wie ein Pfeil durch das Schlafzimmer, über den Treppenabsatz, und traf Charles, der sich in seinem Zimmer langsam entkleidete. Sekundenlang, müde wie er war, dachte er der Frage auszuweichen und zu sagen: »Aber Lucile, ich war erkältet.« Sie hätte nicht weiter gefragt: ihre Wahrheitssuche, ihre »barbarischen Momente« gingen nie sehr weit.

Aber er brannte zu sehr darauf, zu erfahren, zu leiden, er hatte auf immer den Geschmack an dieser Sicherheit verloren, die ihn zwanzig Jahre lang die Abenteuer seiner Mätressen geschickt hatte übersehen lassen. Er erwiderte:

»Ich dachte, er gefiele Ihnen.«

Er hatte sich nicht umgewandt. Er sah sich im Spiegel. Es wunderte ihn, daß er nicht erbleichte.

»Sind Sie entschlossen, mich allen Männern in die Arme zu treiben, die mir gefallen?«

»Seien Sie mir nicht böse, Lucile, das wäre in diesem Fall ein zu schlechtes Zeichen.«

Aber schon war sie durch das Zimmer gekommen

und legte die Arme um seinen Hals, undeutlich »Verzeihung« murmelnd. Im Spiegel sah er nur Luciles dunkles Haar über seiner Schulter, eine lange Strähne fiel auf seinen Arm, und er spürte den bekannten Stich im Herzen, den bekannten Schmerz. »Ich liebe das alles, aber es wird mir nie wirklich gehören. Sie wird mich verlassen.« Und wie hätte er sich jetzt vorstellen können, eine andere Haarsträhne zu lieben, ein anderes Geschöpf. Die Kraft der Liebe beruhte zweifellos gerade auf diesem Gefühl der Unersetzlichkeit.

»Ich wollte das nicht sagen«, sagte Lucile. »Aber ich mag nicht...«

»Sie mögen nicht, daß ich gefällig bin«, sagte Charles und wandte sich zu ihr um. »Aber beruhigen Sie sich, ich bin es nicht. Ich wollte etwas prüfen, weiter nichts.«

»Was haben Sie geprüft?«

»Ihr Gesicht, als Sie in das Restaurant kamen. Die Art, ihn nicht anzusehen. Ich kenne Sie. Er gefällt Ihnen.«

Lucile löste sich von ihm.

»Na und?« sagte sie... »ist es wirklich unmöglich, daß einem jemand gefällt, ohne daß jemand anders darunter leidet? Soll ich nie Ruhe haben? Was sind das nur für Gesetze? Und was haben Sie aus der Freiheit gemacht von, von...«

Sie geriet in Verwirrung, sie stammelte, und zugleich hatte sie das Gefühl, seit eh und je unverstanden zu sein.

»Aus meiner Freiheit habe ich nichts gemacht«, sagte Charles lächelnd, »Sie wissen genau, daß ich in Sie verliebt bin. Und Ihre Freiheit, die haben Sie, wie mir scheint. Antoine gefällt Ihnen; also. Sie treiben es weiter oder nicht, ich erfahre es oder nicht. Ich kann nichts dazu tun.«

Er hatte sich im Morgenrock auf sein Bett gelegt, Lucile stand vor ihm. Sie setzte sich auf den Bettrand.

»Es stimmt«, sagte sie verträumt, »er gefällt mir.«

Sie blickten sich an.

»Wenn es dazu käme, täte es Ihnen weh?« sagte Lucile plötzlich.

»Ja«, sagte Charles. »Warum?«

»Wenn nicht, würde ich Sie nämlich verlassen«, sagte sie und legte sich auf Charles Bett, legte den Kopf in die Hand, zog die Knie bis zum Kinn herauf, und ihr Gesicht war gelöst. Zwei Minuten später schlief sie, und Charles Blassans-Lignières hatte alle Mühe, die Decken gerecht auf beide zu verteilen.

VII

Er bekam ihre Nummer von Johnny und rief sie am nächsten Morgen an. Um vier trafen sie sich in der Rue de Poitiers in seinem Zimmer, das teils wie eine Studentenbude wirkte, teils wie die Wohnung eines ernsthaften Mannes. Zuerst sah sie das Zimmer gar nicht, sie sah nur Antoine, der sie wortlos küßte, ohne sie auch nur zu begrüßen, so als hätte er sie seit dem Park von Saint-Cloud keinen Augenblick verlassen. Ihnen widerfuhr das, was einem Mann und einer Frau widerfährt, zwischen denen das Feuer aufflammt. Sehr schnell konnten sie sich nicht mehr besinnen, früher eine andre Lust gekannt zu haben, sie vergaßen die Grenzen ihres eigenen Leibes, und die Schranken der Schamhaftigkeit und der Kühnheit wurden unwirklich, eine wie die andere. Der Gedanke, einander in ein oder zwei Stunden verlassen zu müssen, erschien ihnen empörend unmoralisch. Sie wußten bereits, daß keine ihrer Gesten dem anderen je peinlich sein könnte, sie murmelten einander entdeckend die ungeschickten und kindischen Worte körperlicher Liebe, und Stolz und Dankbarkeit über die geschenkte Lust und die empfangene trieben sie unaufhörlich zueinander. Sie wußten auch, daß der Augenblick ungewöhnlich war und daß einem menschlichen Geschöpf nichts Besseres geschehen konnte, als seine Ergänzung zu entdecken. Unvorhergesehen und unausweichlich wurde nun aus ihrer physischen Leidenschaft, die eine Episode hätte bleiben können, eine richtige Liebesgeschichte.

Der Himmel verdunkelte sich schon, und sie vermieden es beide, nach der Uhr zu sehen. Mit zurückgelehnten Köpfen rauchten sie, bewahrten sich noch dem Geruch von Liebe, von Vereinigung, von Schweiß, den sie gemeinsam atmeten wie zwei erschöpfte Kämpfer und zwei Sieger. Die Laken lagen auf dem Boden, Antoines Hand ruhte auf Luciles Hüfte.

»Ich werde dir nicht wieder begegnen können, ohne zu erröten«, sagte Lucile, »dich nicht fortgehen sehen, ohne die Augen abzuwenden.«

Sie stützte sich auf, betrachtete das unordentliche Zimmer, das schmale Fenster. Antoine legte ihr die Hand auf die Schulter: sie hatte einen ganz geraden, glatten Rücken; zehn Jahre und ein ganzes Leben trennten sie von Diane. In dem Moment, da sie sich zu ihm umwandte, packte er sie fast roh am Kinn und hielt es einen Augenblick fest, seine Handfläche gegen Luciles Mund gepreßt, mit den Fingern ihr Gesicht umklammernd. Sie sahen sich forschend an, und wortlos versprachen sie einander tausend solche Stunden, komme was da wolle.

VIII

Machen Sie nicht so ein Gesicht, mein Lieber«, sagte Johnny, »das ist ein Cocktail hier und kein Gruselfilm.«

Er schob ein Glas in die Hand von Antoine, der mechanisch lächelte, ohne die Tür aus den Augen zu lassen. Eine Stunde waren sie schon da, fast neun war es, und Lucile kam nicht. Was trieb sie? Sie hatte ihm zu kommen versprochen. Er hörte sie noch sagen: »Morgen, morgen«, ihre Stimme an der Schwelle seines Zimmers. Seitdem hatte er sie nicht mehr gesehen. Vielleicht machte sie sich über ihn lustig? Immerhin lebte sie auf Kosten von Blassans-Lignières, sie ließ sich aushalten, junge Männer wie ihn konnte sie überall finden. Vielleicht hatte er den gestrigen Nachmittag in Rot und Schwarz geträumt, vielleicht war er für sie nur ein Nachmittag wie viele andere mit einem Jungen. Vielleicht war er dumm und eingebildet. Diane steuerte auf ihn zu, sie hatte den Hausherrn im Gefolge, einen »literaturbesessenen« Amerikaner.

»William, Sie kennen doch Antoine«, sagte sie überzeugt. (Wie jemand ignorieren könnte, daß er ihr Geliebter war, hätte sie unfaßlich gefunden.)

»Aber natürlich«, sagte William mit abschätzendem Lächeln.

»Vielleicht hebt er mir jetzt die Oberlippe und sieht meine Zähne nach«, dachte Antoine ziemlich wütend.

»William erzählt mir umwerfende Dinge über Scott Fitzgerald«, nahm Diane wieder das Wort. »Er war ein Freund seines Vaters. Antoine ist von Fitzgerald begeistert. Sie müssen ihm alles erzählen, William, aber wirklich alles...«

Das Ende des Satzes entging Antoine. Lucile trat ein. Sie ließ blitzschnell den Blick durch den Salon schweifen, und Antoine verstand Johnnys Scherz; genau wie vermutlich er selbst vor fünf Minuten, sah sie verstört aus. Sie erblickte ihn, blieb stehen, und mechanisch tat er einen Schritt zu ihr hin. Ein Schwindel packte Antoine: »Ich gehe jetzt zu ihr, nehme sie in die Arme, küsse sie auf den Mund, und alles übrige ist mir egal.« Lucile sah seinen Entschluß, und sekundenlang war sie dicht daran, es geschehen zu lassen. Die Nacht, der Tag waren zu lang gewesen, und Charles hatte zu lange gezögert und sie zwei Stunden hindurch befürchten lassen, sie käme zu spät. So standen sie einander gegenüber wie Hund und Wild, bis Lucile sich in einer Regung von erbitterter Ohnmacht heftig abwandte. Sie durfte das nicht tun, sie mußte daran denken, Charles zu schonen, aber sie wußte genau, daß sie Angst hatte.

Johnny stand neben ihr. Er lächelte und musterte sie seltsam fürsorglich. Sie lächelte zurück, und er nahm ihren Arm, um sie ans Büfett zu führen.

»Sie haben mir Angst gemacht«, sagte er.

»Warum?«

Sie sah ihm in die Augen. Sollte das etwa schon beginnen, jetzt schon: »Die Mitwisser, die Freunde, die Eingeweihten, das Kichern.« Das war doch nicht möglich. Johnny zuckte die Achseln.

»Ich mag Sie gern«, sagte er leise. »Ihnen ist das gleich, aber ich mag Sie gern.«

In seiner Stimme lag etwas, das Lucile rührte. Sie schaute ihn an. Er mußte sehr allein sein.

»Warum sollte mir das egal sein?«

»Weil Sie sich nur für das interessieren, was Ihnen gefällt. Alles übrige ist Ihnen lästig. Nicht wahr? Aber unsere kleine Clique ist gar nicht so übel. Sie wird Ihnen ermöglichen, ein bißchen länger ungeschoren zu bleiben.«

Sie hörte das, ohne zuzuhören. Antoine war hinter einem Wald von Köpfen am anderen Ende des Salons verschwunden. Wo war er? »Wo bist du, mein Idiot, mein Liebster, Antoine, wo hast du deinen großen knochigen Leib versteckt, was nützen dir deine ganz gelben Augen, wenn du mich nicht siehst, da, höchstens zehn Meter von dir, Idiot, geliebter Idiot«, und eine Welle der Zärtlichkeit überfiel sie. Was erzählte Johnny da? Natürlich liebte sie nur, was ihr gefiel, und was ihr gefiel, das war Antoine. Das schien ihr eine Gewißheit zu sein, die erste nach Jahren.

Johnny betrachtete diese Gewißheit mit einer Mischung von Neid und Wehmut. Allerdings mochte er Lucile, er mochte ihre Art zu schweigen, sich zu langweilen und zu lachen. Jetzt betrachtete er dieses

Gesicht, verändert, jung, kindlich, fast barbarisch kraft des Verlangens, und er besann sich, daß er in sehr ferner Zeit jemanden genauso begehrt hatte, mehr als alles auf der Welt. Das war Roger. Ja, so hatte er Roger in die Salons kommen sehen, und hatte die Empfindung, nicht mehr zu leben oder endlich wieder aufzuleben. Wo war das Leben, wo der Traum in diesen Liebesgeschichten? Jedenfalls hatte der kleine Antoine seine Zeit nicht vertan. Erst gestern hatte er ihn um Luciles Telefonnummer gebeten, ruhig, eine klare Sache, von Mann zu Mann. Komisch, es gab eine Art männlichen Einverständnisses in ihren Beziehungen, und Johnny war nicht einmal eingefallen, Claire von diesem Anruf zu erzählen, obwohl sie entzückt gewesen wäre. Es gab noch andere Kleinigkeiten, die er, Johnny, nicht tat, und dennoch, weiß Gott, das Leben war kostbar.

Diane war Antoines Bewegung entgangen, ihr Kleid war wunderbarerweise gerade in dem Augenblick an einem Tischchen hängengeblieben, da Lucile eintrat, und nur William hatte sich über die Fluchtbewegung dieses jungen Mannes gewundert, als der Name Scott Fitzgerald fiel. Im übrigen war Antoine rasch zu ihnen zurückgekehrt und half nun Diane, ihr Kleid loszumachen, wobei etwas Straß zu Boden fiel.

»Deine Hände zittern«, sagte Diane halblaut.

Im allgemeinen siezte sie ihn in der Öffentlichkeit, zu dem einzigen Zweck, ihn zuweilen wie versehentlich zu duzen, aber diese Versehen unterliefen ihr jetzt ein bißchen zu oft. Antoine nahm ihr das übel. Seit zwei Tagen nahm er ihr übrigens alles übel. Er warf ihr ihren Schlaf vor, ihre Stimme, ihre Eleganz, ihre Gebärden, er warf ihr vor, daß sie existierte und für ihn nichts mehr war als ein Mittel, in die Salons zu gelangen, wo Lucile erscheinen konnte. Er verübelte außerdem sich selbst, daß er sie seitdem nicht mehr hatte anrühren können. Das würde sie bald beunruhigen. Was das betrifft, war Antoine immer mit der vollkommenen Regelmäßigkeit verfahren, die sich aus einer Mischung von Sinnlichkeit und Gleichgültigkeit ergibt. Er wußte nicht, daß gerade dieses Versäumnis Diane ein bißchen Hoffnung machte, so sehr graute ihr manchmal vor diesem fleißigen, schweigsamen und gefühllosen Geliebten. Und so sehr nährt sich Leidenschaft von allem, selbst von den Zeichen, die ihren Wünschen durchaus zuwiderlaufen. Inzwischen suchten seine Augen nach Lucile. Er wußte, daß sie da war; aus Angst, sie könnte gehen, bewachte er die Tür ebenso aufmerksam wie vorher in der Hoffnung, daß sie käme. Die Stimme von Blassans-Lignières hinter ihm ließ ihn zusammenzucken, und er wandte sich um, um Lucile, dann freundschaftlich Charles die Hand zu drücken. Erneut begegnete er Luciles Augen, die lächelten, und ein Gefühl des Triumphes, des vollkommenen Glücks überkam ihn so heftig, daß er zu husten begann, um seinen Gesichtsausdruck zu verbergen.

»Diane«, sagte Blassans-Lignières, »William hat den Boldini, von dem ich neulich bei Tisch mit Ihnen sprach. William, Sie müssen ihn ihr zeigen.«

Einen Augenblick begegneten sich die Blicke von Antoine und Charles, bevor Charles sich mit William und Diane entfernte. Sein Blick war erstaunt, bekümmert und grundehrlich. Litt er? Ahnte er? Antoine hatte sich die Frage noch nicht gestellt. Er hatte sich nur mit Diane beschäftigt und auch das nur oberflächlich. Seit Sarahs Tod hatte er sich über niemanden mehr eine Frage gestellt. Jetzt stand er allein Lucile gegenüber und fragte sie schweigend: »Wer bist du? Was willst du von mir? Was tust du hier? Was bin ich für dich?«

»Ich habe geglaubt, ich käme nie hier an«, sagte Lucile.

»Nichts weiß ich von ihm«, dachte sie, »nur wie er liebt. Wie kommen wir beide zu dieser Leidenschaft? Die anderen sind schuld. Wenn wir frei wären, unbewacht, wären wir bestimmt ruhiger, hätten kühleres Blut.« Einen Augenblick hatte sie Lust, ihm den Rücken zu kehren und sich mit der kleinen Gruppe zu amüsieren, die auf den Boldini zusteuerte. Würde ihr zukünftiges Leben lügnerisch sein und voller Hast? Sie nahm die Zigarette, die ihr Antoine reichte, und legte die Hand auf die seine, während er ihr Feuer gab. Sogleich verspürte sie die Wärme, die Berührung dieser Hand, sie senkte die Lider, zweimal, wie in geheimem Einverständnis mit sich selbst.

»Kommen Sie morgen«, sagte Antoine hastig, »um dieselbe Zeit?«

Ihm schien, als hätte er keine Sekunde Ruhe, bevor er nicht genau wußte, wann er sie wieder in den Armen halten würde. Sie willigte ein. Da kam Ruhe über Antoine wie die Ebbe nach der Flut; einen Augenblick fragte er sich sogar, ob ihm diese Verabredung nicht im Grunde völlig gleichgültig sei. Er hatte jedoch genug gelesen, um zu wissen, daß die Unruhe – zweifellos noch mehr als die Eifersucht – die Leidenschaft gewaltig beschleunigt. Außerdem brauchte er ja nur die Hand auszustrecken, Lucile mitten in diesem Salon an sich zu ziehen, damit es einen Skandal gäbe, der nicht wieder gutzumachen war; und eben diese Gewißheit erlaubte ihm, die Hand nicht auszustrecken, sogar ein zweideutiges und lebhaftes Vergnügen zu empfinden, das er kaum kannte: das Vergnügen der Verstellungskunst.

»Na, Kinder? Wo haben wir unsere Freunde gelassen?«

Claire Santrés klangvolle Stimme ließ sie zusammenzucken. Sie stützte sich mit einer Hand auf Luciles Schulter und musterte Antoine abschätzend, als versuchte sie, sich an Luciles Stelle zu versetzen, und das gelänge ihr sehr gut. »Jetzt kommt die Nummer des weiblichen Mitwissers«, dachte Lucile, aber überraschenderweise wurde sie damit nicht belästigt. Wie schön war Antoine mit seiner peinlich berührten und zugleich entschlossenen Miene. Sicher war er viel zu zerstreut, um andauernd zu lügen; dieser Mann war zum Lesen geschaffen, er wollte mit großen Schritten geradeaus gehen, wollte lieben, wollte schweigen, er war kein Mensch der Gesellschaft. Weniger noch als sie selbst, die sie ihre Gleichgültigkeit, ihre Sorglosigkeit zur Schau trug wie einen Taucheranzug, der jeder Prüfung in den abgründigen Tiefen der mondänen Beziehungen gewachsen war.

»Bei diesem William hängt irgendwo ein Boldini«, sagte Antoine arrogant. »Diane und Charles betrachten ihn.«

Er merkte, daß er zum erstenmal Blassans-Lignières beim Vornamen nannte. Jemandem Hörner aufzusetzen nötigte zu gewisser Vertraulichkeit, ohne daß man recht verstand warum. Claire schrie auf:

»Ein Boldini? Aber das ist ja ganz neu? Wo hat William den aufgetrieben? Ich wußte nichts davon«, rief sie ärgerlich wie immer, wenn eine Lücke in ihrem riesigen Informationsnetz zutage trat. »Der arme William hat sich sicherlich noch über das Ohr hauen lassen, nur ein Amerikaner kauft einen Boldini, ohne Santos um Rat zu fragen.«

Ein wenig aufgeheitert durch die Dummheit und den Vorwitz des armen William, wandte sie ihre Aufmerksamkeit Lucile wieder zu. Immerhin war es vielleicht an der Zeit, die Kleine für ihre Unverschämtheit bezahlen zu lassen, für ihr Schweigen und ihre Weigerung, sich nach den Spielregeln zu richten. Lucile lächelte, die Augen zu Antoine erhoben, ein ruhiges, belustigtes Lächeln, ein vertrauendes Lächeln. Das war das richtige Wort, »vertrauend«. So kann eine Frau nur lächeln, wenn sie mit einem Mann intim ist. »Aber wann, aber wann haben sie es getan?« Claires Geist begann mit wahnsinniger Geschwindigkeit zu funktionieren. »Also, das Diner in Marnes war vor drei Tagen, da war noch nichts passiert. Es muß ein Nachmittag gewesen sein, in Paris widmet sich niemand mehr abends der Liebe, da sind im allgemeinen alle zu müde, und außerdem müssen sie mit den anderen rechnen. Heute?« Mit glitzernden Augen und witternder Nase beobachtete sie die beiden; mit jener leidenschaftlichen Torheit gewisser neugieriger Frauen versuchte sie,

Spuren der Lust an ihnen zu entdecken. Lucile verstand das, und wider Willen brach sie in Lachen aus. Claire wich zurück, die Jagdgier auf ihrem Gesicht wich einem sanfteren, nachgiebigen Ausdruck vom Stile »ich verstehe alles, ich lasse alles zu«, der leider unbemerkt blieb.

Denn Antoine sah Lucile an und lachte unbefangen mit, entzückt, sie lachen zu sehen, entzückt zu wissen, daß sie ihm erklären würde warum, morgen, in seinem Bett, in der glücklichen und ermatteten Stunde, die der Liebe folgt. Er fragte sie also nicht: »Warum lachen Sie?« Viele Liebschaften kommen so heraus, durch Schweigen, durch nicht gestellte Fragen, durch einen Satz, auf den man nicht eingeht, durch ein beiläufiges Wort, das man absichtlich harmlos gewählt, so beschaffen, daß es gerade dadurch auffällt, jedenfalls hätte der erste beste Beobachter, der Lucile und Antoine lachen sah, der das Glück auf ihren Gesichtern sah, sich nicht täuschen können. Sie fühlten es dunkel und nutzten in einer Art Stolz diese Atempause, die ihnen der Boldini schenkte, die wenigen Augenblicke, in denen sie einander ansahen und sich gefallen durften, ohne zwei andere zu alarmieren. Und die Gegenwart von Claire, die Gegenwart der übrigen verdoppelte ihr Vergnügen, obwohl sie es abgestritten hätten. Sie fühlten sich jung, beinahe kindlich, weil man ihnen etwas untersagte, was sie trotzdem taten, und man hatte sie noch nicht gestraft.

Diane kam zurück, schob sich mit einigen raschen Manövern durch die Menge einem beflissenen Freund entgegen, der ihre Hand ergriff und küßte und dem sie

sie sofort entriß, wobei sie seine doch so wohlgemeinte Frage nach ihrer Gesundheit oder eine begeisterte Bestätigung ihrer Schönheit nicht beantwortete. Inmitten des konfusen Geredes: »Wie geht es dir, Diane? Sie sind blendend in Form, Diane. Aber woher stammt das göttliche Kleid, Diane«, versuchte sie die verhexte dunkle Ecke zu erreichen, wo sie ihren Geliebten, ihren Liebsten mit diesem Mädchen zurückgelassen hatte, das ihn interessierte. Sie haßte Charles, weil er sie aus dem Salon geschleppt hatte, sie haßte Boldini, sie haßte William wegen seines faden und endlosen Berichtes über seinen Erwerb. Das Bild war natürlich geschenkt, es war eine einmalige Gelegenheit, der arme Händler hatte es nicht gemerkt. Ekelhaft, diese Manie der Reichsten, niemals, niemals etwas anderes als Geschäfte zu machen. Rabatt beim Schneider zu haben, Prämien bei Castier und noch stolz darauf zu sein. Dem war sie entgangen, Gott sei Dank, sie gehörte nicht zu den Frauen, die ihren Lieferanten um den Bart gehen, obwohl sie die Mittel haben, es anders zu machen. Das mußte sie Antoine sagen, er würde darüber lachen. Die Gesellschaft belustigte ihn, er zitierte in diesem Zusammenhang immer Proust, übrigens auch bei anderen Gelegenheiten, was Diane ein bißchen verdroß, denn sie hatte wenig Zeit zum Lesen. Die kleine Lucile hatte bestimmt Proust gelesen, das sah man ihr an, aber man mußte sagen, bei Charles hatte sie auch Zeit dazu. Diane blieb stehen. »Mein Gott«, dachte sie plötzlich, »ich werde gewöhnlich. Kann man wirklich nicht altern, ohne in solchen Sachen gewöhnlich zu werden?« Gequält schenkte sie Coco de Balileul ein Lächeln, zwinkerte mit Maxime, der damit angefangen hatte, ohne daß sie wußte warum, stolperte über zehn lächelnde, liebenswürdige Hindernisse; sie vollbrachte ein fürchterliches Rennen, um zu Antoine zu gelangen, der dort hinten lachte, mit seiner tiefen Stimme lachte, sie mußte dieses Lachen verbieten. Sie tat noch einen Schritt und schloß erleichtert die Augen: er lachte mit Claire Santré. Lucile wandte ihnen den Rücken.

IX

Dieser Cocktail war ziemlich turbulent«, sagte Charles. »Die Leute trinken immer mehr, was?«

Der Wagen glitt leise über die Quais, es regnete. Lucile hatte wie üblich den Kopf an die Tür gelehnt, sie bekam die kleinen Regentropfen ins Gesicht, sie atmete den Duft von Paris, zur Nacht im April, und dachte an Antoines gequältes Gesicht, als sie sich vor einer halben Stunde höflich hatten auf Wiedersehen sagen müssen. Sie wunderte sich sehr.

»Die Leute haben immer mehr Angst«, sagte sie vergnügt, »sie haben Angst zu altern, sie haben Angst, zu verlieren, was sie besitzen, sie haben Angst, nicht zu erreichen, was sie wollen, sie haben Angst, sich zu langweilen, sie haben Angst, andre zu langweilen, sie leben im Zustand ständiger Angst und Gier.«

»Das macht Ihnen Spaß?« sagte Charles.

»Manchmal macht es mir Spaß, und manchmal ergreift es mich. Sie nicht?«

»Ich achte nicht so sehr darauf«, erwiderte Charles. »Ich bin kein guter Psychologe, das wissen Sie doch. Ich weiß nur, daß immer mehr Leute mir in die Arme sinken, ohne daß ich sie kenne, und daß immer mehr in den Salons herumtorkeln.«

Er konnte doch nicht sagen: »Ich interessiere mich nur für Sie, Stunden und Stunden treibe ich Ihretwegen psychologische Studien, ich bin von einer fixen Idee besessen, auch ich habe Angst, wie Sie es nennen, zu verlieren, was ich habe, auch ich bin in einem Zustand ständiger Angst und Gier.«

Lucile zog den Kopf zurück und sah ihn an. Sie spürte plötzlich unendliche Zärtlichkeit für ihn, sie hatte ihn nie so sehr geliebt. Sie hätte mit ihm dieses gewaltige Glück teilen mögen, das sie eben bei dem Gedanken an morgen empfand. »Es ist zehn Uhr abends, in siebzehn Stunden bin ich in Antoines Armen. Hoffentlich schlafe ich morgen lange, damit ich nicht merke, wie langsam die Zeit vergeht.« Sie legte ihre Hand auf seine. Es war eine schöne Hand, fein und gepflegt, nur ein paar kleine gelbe Flecken waren auf ihr zu sehen.

»Wie war der Boldini?«

»Sie will mir Freude machen«, dachte Charles bitter. »Sie weiß, daß ich ein Geschäftsmann bin und zugleich kunstverständig. Sie weiß nicht, daß ich fünfzig bin und unglücklich wie ein Hund.«

»Ganz hübsch. Aus seiner guten Zeit. William hat ihn für einen Spottpreis erworben.«

»William bekommt immer alles zu Spottpreisen«, sagte Lucile lachend.

»Dasselbe erklärte mir vorhin Diane«, sagte Charles.

Es entstand ein unschlüssiges Schweigen. »Ich werde doch nicht anfangen, betreten zu schweigen, sobald er von Diane oder Antoine redet«, dachte Lucile, »das ist dumm. Wenn ich ihm nur die Wahrheit sagen könnte: Antoine gefällt mir, ich habe Lust, mit ihm zu lachen, in seinen Armen zu sein. Aber was könnte ich einem Mann, der mich liebt, Schlimmeres sagen? Er würde vielleicht ertragen, daß ich mit Antoine schlafe, aber nicht, daß ich mit ihm lache. Ich weiß das: für Eifersüchtige ist nichts schrecklicher als das Lachen.«

»Diane ist in einem eigenartigen Zustand«, sagte sie. »Ich sprach gerade mit Antoine und Claire, als ich sie in den Salon kommen sah. Sie hatte eine starre, verstörte Miene... sie machte mir Angst.«

Sie versuchte zu lachen. Charles wandte sich zu ihr um:

»Angst? Sie meinen wohl Mitleid?«

»Ja«, sagte sie ruhig, »Mitleid auch. Es ist kein Vergnügen für eine Frau, wenn sie altert.«

»Für einen Mann auch nicht«, sagte Charles lebhaft. »Das schwöre ich Ihnen.«

Sie lachten so gekünstelt, daß ihnen das Blut gefror. Gut, sagte sich Lucile, meinetwegen. Wir weichen aus, wir scherzen, wir tun, was er will. Aber ich, ich werde morgen um fünf in Antoines Armen liegen.

Und sie, die Grausamkeit haßte, war entzückt bei der Entdeckung, daß sie ihrer fähig war.

Denn nichts, niemand, nicht die inständigste Bitte hätte sie daran hindern können, am nächsten Tag wieder bei Antoine zu sein, um seinen Leib, seinen Atem, seine Stimme wiederzufinden. Sie wußte das, und da sonst jedes ihrer Vorhaben vom Wechsel ihrer Launen oder vom Wetter abhängig war, wunderte sie die Erbarmungslosigkeit ihres Verlangens noch mehr als vorhin dieses Aufquellen echter Freude, als sie Antoines Blick begegnet war. Ihre einzige Leidenschaft mit zwanzig Jahren war unglücklich gewesen, und sie hatte davon eine sonderbare Mischung von Achtung und Traurigkeit zurückbehalten, die sie die Liebe als etwas ganz Ähnliches empfinden ließ wie Religion: als ein verlorenes Gefühl. Plötzlich entdeckte sie die Liebe in ihrer ganzen Kraft – die glückliche Liebe –, und ihr schien, daß ihr Dasein, statt sich auf ein einziges Wesen zu beschränken, unermeßlich wurde, unmöglich zu verwirklichen, triumphal. Sie, deren Tage ungerührt und ohne Gewissensbisse verliefen, schauderte vor dem bißchen Leben, das ihr noch verblieb. Niemals würde sie genügend Zeit haben, um Antoine zu lieben.

»Wissen Sie, Lucile, ich muß nach New York, demnächst. Begleiten Sie mich?«

Charles Stimme war ruhig, man hörte sogar die Erwartung einer Zustimmung heraus. Lucile reiste nämlich gern, und das wußte er. Sie antwortete nicht gleich.

»Warum nicht? Bleiben Sie lange?«

»Unerträglich«, dachte sie, »unerträglich, wie soll ich es zehn Tage lang ohne Antoine aushalten? Charles stellt seine Bedingungen zu früh oder zu spät, jedenfalls zu grausam. Ich gäbe alle Städte der Welt für Antoines Zimmer. Für mich gibt es keine weiteren Reisen oder Entdeckungen als die mit ihm zusammen im Dunkeln.« Eine sehr deutliche Erinnerung verwirrte sie plötzlich, und sie wandte den Kopf nach der Straße.

»Zehn, vierzehn Tage«, sagte Charles. »New York ist im Frühling wunderschön. Sie haben es nur mitten im Winter gesehen. Ich besinne mich, daß Sie eines Abends eine ganz blaue Nase hatten, so kalt war es. Sie rissen die Augen auf, Ihr Haar sträubte sich vor Empörung, und Sie warfen mir so vorwurfsvolle Blicke zu, als sei es meine Schuld.«

Er begann zu lachen, seine Stimme war zärtlich, sehnsüchtig. Lucile erinnerte sich an die entsetzliche Kälte in jenem Winter, aber eine zärtliche Erinnerung war ihr nicht geblieben. Nur die an eine wahnwitzige Taxifahrt zwischen dem Hotel und dem Restaurant. Die melancholischen und verklärten Erinnerungen des Herzens hatte Charles, immer Charles, und plötzlich schämte sie sich. Auch in Gefühlsdingen lebte sie auf Charles' Kosten, und das war ihr bedeutend unangenehmer als das übrige. Sie wollte ihm nicht wehtun, sie wollte ihn nicht belügen, sie wollte ihm nicht die Wahrheit sagen, sie wollte sie ihn nur ahnen lassen, ohne daß sie sich darüber auszulassen brauchte. Ja, sie war wirklich ganz und gar feige.

Sie trafen sich zwei-, dreimal wöchentlich. Antoine entfaltete eine großartige Phantasie, um sein Büro zu verlassen, und Lucile erzählte Charles sowieso nie etwas von ihrem Tageslauf. Sie trafen sich in jenem kleinen Zimmer, bebend versanken sie im Dunkel, sie hatten kaum Zeit zu sprechen. Sie wußten nichts voneinander, aber ihre Körper erkannten sich mit solcher Inbrunst und Ergebenheit, einem solchen Gefühl des Absoluten, daß ihr Erinnerungsvermögen unter der Macht des

Augenblickes aussetzte, und verzweifelt und vergeblich versuchten sie beide, sich genau zu erinnern, nachdem sie sich verlassen hatten, an ein im Dunkel geflüstertes Wort, eine Gebärde. Sie gingen stets wie zwei Nachtwandler auseinander, fast zerstreut, und schon nach zwei Stunden begannen sie wieder auf den Augenblick zu warten, wo sie sich wiedersehen würden, wie auf den einzigen lebendigen Punkt in ihrem Leben, die einzige Realität. Alles übrige war tot. Nur diese Erwartung hielt sie im Bewußtsein der Stunde, der Zeit, der anderen, weil sie sie in Hindernisse verwandelte. Lucile kontrollierte sechsmal, bevor sie zu Antoine ging, ob ihr Autoschlüssel in ihrer Handtasche war, zehnmal fuhr sie in Gedanken durch die Straßen, die zu Antoines Haus führten, zehnmal sah sie nach dem Wecker, den sie ihr Leben lang grenzenlos verachtet hatte. Zehnmal erinnerte Antoine seine Sekretärin daran, daß er um vier eine dringende Verabredung habe, und er verließ das Büro um Viertel vor vier, obwohl er zu Fuß nur zwei Minuten bis nach Hause brauchte. Und jedesmal kamen sie ein bißchen blaß an, sie, weil sie geglaubt hatte, aus einer Verkehrsstockung nie herauszufinden, er, weil er einem Autor seines Verlages begegnet war, der ihn nicht loslassen wollte. Seufzend umschlangen sie sich, als wären sie einer schweren Gefahr entronnen, die schlimmstenfalls fünf Minuten Verspätung bedeutet hätte.

In der Lust sagten sie einander »ich liebe dich«, aber sonst nie. Zuweilen beugte sich Antoine über Lucile, und während sie mit geschlossenen Augen Atem schöpfte, zeichnete er ihr Gesicht, ihre Schulter mit der Hand nach und sagte zärtlich: »Du gefällst mir, weißt du.« Sie lächelte. Er sprach von ihrem Lächeln, er sagte ihr, wie ihn ihr Lächeln ärgerte, wenn sie es an jemand anderen richtete, mit großen Augen. »Dein Lächeln ist so wehrlos«, sagte er, »das beunruhigt mich.« – »Aber ich denke oft an etwas anderes, es ist eine Art, liebenswürdig zu sein. Ich sehe nicht wehrlos aus, sondern leer.« – »Gott weiß, woran du denkst«, begann er wieder, »du siehst bei den Diners immer so aus, als beschäftigte dich ein Geheimnis oder eine Gemeinheit.« – »Ich denke an ein Geheimnis, Antoine, wirklich...«, und sie nahm Antoines Kopf an ihre Schulter, sie flüsterte: »Denk nicht zuviel nach, Antoine, uns ist wohl.« Und er schwieg. Er wagte ihr nicht zu sagen, was ihn jetzt unaufhörlich beschäftige, was ihn nächtelang an Dianes Seite wach hielt, die ihrerseits so tat, als ob sie schliefe. »Das kann nicht so weitergehen, das kann nicht so weitergehen, warum ist sie nicht bei mir?« Die Unbekümmertheit, mit der Lucile jedes Problem zu verleugnen versuchte, war ihm unbehaglich. Sie sträubte sich, von Charles zu sprechen, sie wollte von keinem Plan etwas wissen. Vielleicht hielt sie aus Eigennutz zu Blassans-Lignières? Aber sie wirkte so frei, sie entzog sich so natürlich jedem Gespräch, sobald es um Geld ging (und niemand, weiß Gott, redet mehr vom Geld als die, die zuviel haben...), daß er sich nicht vorstellen konnte, sie täte irgend etwas aus Berechnung. Sie sagte ihm: »Ich mag Ungezwungenheit.« Sie sagte: »Habgier ist mir ein Greuel.« Sie sagte: »Du hast mir gefehlt«, und das alles konnte er nicht miteinander vereinen. Verwirrt erwartete er, daß etwas geschähe, daß man sie überraschte, daß ihm das Schicksal seine Mannesrolle aufzwänge, und er verachtete sich darum.

Antoine wußte, daß er nachlässig war, sinnlich, aber moralisch. Zweifellos hatte er nie so viel Gefallen an einer Frau gefunden wie an Lucile, aber er hatte zahlreiche Leidenschaften gehabt, und wegen seiner Gewissensbisse hatte er sein eigentlich unbedeutendes Verhältnis mit Sarah in eine tragische Liebesgeschichte verwandelt. Er wußte, wie leicht er in innere Konflikte geriet. Wirklich, er war ebenso begabt dafür, unglücklich wie glücklich zu sein, und Lucile konnte ihn nur in Verwirrung bringen. Er begriff nicht, daß sie erst ein einziges Mal geliebt hatte, vor zehn Jahren, daß sie es vergessen hatte und ihre Leidenschaft als wunderbares Geschenk ansah, nicht vorherzusehen, unverhofft, zerbrechlich, und daß sie fast abergläubisch nicht an die Folgen denken wollte. Sie liebte es, auf ihn zu warten, sie liebte es, wenn er ihr fehlte, sie liebte es, sich zu verstecken, ebenso wie sie es geliebt hätte, mit ihm in aller Öffentlichkeit zu leben. Jeder Augenblick des Glücks genügte sich selbst. Und wenn sie sich seit zwei Monaten dabei erwischte, daß sie sich von dummen Liebesliedern rühren ließ, fand sie trotzdem überhaupt nicht, daß die Gefühle der »Ausschließlichkeit oder Ewigkeit«, die im allgemeinen deren Gegenstand waren, sie etwas angingen. Da nämlich ihre einzige Moral war, sich nicht zu belügen, sah sie sich notwendigerweise einem ungewollten, aber tiefen Zynismus entgegentreiben. Als ob die Tatsache, sich über seine Gefühle klarwerden zu können, automatisch zu diesem Zynismus führte, während Betrüger und Lügner ihr Leben lang in einem zerzausten Romantismus verbleiben können. Sie liebte Antoine, aber sie hing an Charles; Antoine war ihr Glück, aber sie wollte nicht Charles' Unglück sein. Sie schätzte beide und war sich selbst nicht interessant genug, um sich wegen dieser Teilung zu verachten. Der völlige Mangel an Selbstgefälligkeit machte sie grausam, kurzum, sie war glücklich.

Nur zufällig entdeckte sie, daß sie leiden konnte.

Sie hatte Antoine seit drei Tagen nicht gesehen, da die Zufälle der Pariser Zeremonien sie in verschiedene Theater und auf verschiedene Diners geführt hatten. Sie war für vier Uhr mit ihm verabredet und kam pünktlich, war erstaunt, als er ihr nicht die Tür öffnete. Zum ersten Male benutzte sie den Schlüssel, den er ihr gegeben hatte. Das Zimmer war leer, die Fensterläden standen offen, und sie glaubte einen Augenblick, sie habe sich geirrt, denn sie kam immer in ein dämmeriges Zimmer, da Antoine nur eine rote Lampe auf dem Boden einzuschalten pflegte, die nur das Bett und ein Stück von der Decke beleuchtete. Belustigt ging sie durch das Zimmer, das ihr so bekannt und zugleich so unbekannt war, las die Titel der Bücher auf den Regalen, nahm eine Krawatte vom Boden auf, betrachtete genau ein reizendes, drolliges Bild der Jahrhundertwende, das sie nie gesehen hatte. Zum ersten Male dachte sie an ihren Geliebten als jungen, ziemlich bescheidenen Junggesellen, der aus eigenem Antrieb arbeitet. Wer war Antoine, wo kam er her, wer waren seine Eltern? Wie war seine Kindheit gewesen? Sie setzte sich auf das Bett, stand dann plötzlich verlegen wieder auf und wandte sich zum Fenster. Sie hatte das Gefühl, bei einem Fremden zu sein, sie kam sich indiskret vor. Zum ersten Male dachte sie auch, daß Antoine ein »anderer« sei und daß alles, was sie von seinen Händen, seinem Mund, seinen Augen, seinem Leib wußte, ihn nicht unbedingt zu ihrem unzertrennlichen Gefährten machte. Wo war er? Es war Viertel nach vier, sie hatte ihn seit drei Tagen nicht gesehen, und das Telefon läutete nicht. Traurig ging sie im Zimmer auf und ab, von der Tür zum Fenster, ergriff ein Buch, verstand nicht, was sie las, legte es wieder weg. Die Zeit verging; wenn er nicht kommen konnte, hätte er sie anrufen können. Sie nahm das Telefon ab in der Hoffnung, es sei gestört, aber nein. Und wenn er keine Lust hatte zu kommen? Bei diesem Gedanken erstarrte sie mitten im Zimmer, stand reglos, wach, wie ein Soldat auf einem Kupferstich, den die todbringende Kugel getroffen hat. Da ging in ihrer Erinnerung ein Wirbel los: das, was sie in Antoines Augen für einen Ausdruck des Vorwurfs gehalten hatte, war Langeweile; dieses Zögern neulich, als sie ihn gefragt hatte, was ihn quäle, stammte nicht aus der Sorge, sie zu verstimmen, sondern aus der Sorge, ihr wehzutun, wenn er ihr die Wahrheit gestand: daß er sie nicht mehr liebte. Blitzartig erinnerte sie sich zehn solcher Haltungen von Antoine, und alle schrieb sie der Gleichgültigkeit zu. »Na schön«, sagte sie laut, »er liebt mich nicht mehr.« Sie murmelte das mit ruhiger Stimme, aber sofort wandte sich dieser kleine Satz mit der Schärfe eines schnellen Peitschenschlages gegen sie, und sie hob die Hand an die Kehle, als müsse sie sich wehren. »Aber was soll aus mir werden, wenn Antoine mich nicht mehr liebt?« Ihr Leben erschien ihr blutleer, ohne

Wärme, ohne Lachen, wie die versteinerte, aschebedeckte Ebene in Peru, deren Photographie neulich in *Match* Antoines etwas morbide Bewunderung erregt hatte.

Sie blieb stehen, bebte innerlich so heftig, daß sie versuchte, sich selbst zu Hilfe zu kommen. »Aber, aber«, sagte sie laut, »aber.« Sie sprach mit ihrem Leib, mit ihrem Herzen wie mit zwei scheuen Pferden, sie legte sich auf das Bett, sie zwang sich, ruhig zu atmen. Vergebens. In panischer Angst, in Verzweiflung rollte sie sich zusammen, preßte die Schultern in die Hände, das Gesicht auf das Kopfkissen. Sie hörte sich stöhnen: »Antoine, Antoine...«, und zugleich mit diesem unerträglichen Schmerz überkam sie große Verwunderung. »Du bist verrückt«, sagte sie sich, »du bist verrückt«, aber jemand anders als sie rief lauter: »Und Antoines gelbe Augen, und Antoines Stimme, was wird ohne Antoine aus dir, dummes Ding?« Fünfmal schlug eine Kirchenuhr, und ihr war, als läute ein grausamer, wahnsinniger Gott die Glocken ihretwegen. Gleich darauf trat Antoine ein. Als er ihr Gesicht sah, blieb er einen Augenblick stehen, dann stürzte er zu ihr auf das Bett. Er war vor Glück von Sinnen, er wußte nicht warum, er bedeckte ihr Gesicht, ihr Haar mit zärtlichen Küssen, er erklärte, er schimpfte auf seinen Verleger, der ihn eine Stunde in seinem Büro festgehalten hatte. Sie klammerte sich an ihn, murmelte mit noch unsicherer Stimme seinen Namen. Dann richtete sie sich auf, setzte sich auf das Bett und wandte ihm den Rücken.

»Weißt du, Antoine«, sagte sie, »ich liebe dich ernstlich.«

»Ich dich auch«, sagte er, »das trifft sich gut.«

Sie verharrten in nachdenklichem Schweigen. Dann kam von Lucile ein leises, ergebenes Lachen, sie wandte sich zu ihm um und sah mit Ernsthaftigkeit, wie sich das geliebte Gesicht dem ihren näherte.

X

Als sie ihn zwei Stunden später verließ, befürchtete sie ein Unheil. Erschöpft und überwältigt von Liebe und mit benommenem Kopf versuchte sie, sich klarzumachen, daß diese halbe Stunde der Angst mehr nervös als seelisch bedingt sei, und sie beschloß, mehr zu schlafen, weniger zu trinken, und so weiter. Innerlich war sie sehr daran gewöhnt, allein zu sein, und konnte sich nicht ohne weiteres damit abfinden, daß jemand oder etwas in ihrem Dasein unentbehrlich war. Das erschien ihr eigentlich eher ungeheuerlich als wünschenswert. Ihr Wagen glitt über den Quai, bewundernd sah sie in der Ferne die vergoldete Seine und steuerte mechanisch durch einen der ersten schönen Frühlingsabende. Sie lächelte ein bißchen. Was war mit ihr los? In ihrem Alter? Mit ihrem Leben? Im Grunde war sie eine Frau, die sich aushalten ließ, eine schamlose Frau. Bei diesem Gedanken mußte sie lachen, und ein Autofahrer, der neben ihr gehalten hatte, lächelte ihr zu. Zerstreut erwiderte sie sein Lächeln und hing weiter ihren Betrachtungen nach. Ja, wer war sie? Was sie in den Augen der anderen sein mochte, selbst ihrer Angehörigen, war ihr vollkommen gleichgültig. Sie beurteilte sich nicht mehr, war das schlimm? Ein Zeichen geistiger Verflachung? Sie hatte sehr viel gelesen, früher, bevor sie entdeckte, daß sie glücklich war. Sie hatte sich auch viele Fragen gestellt, bevor sie dieses gut genährte, gut gekleidete Geschöpf wurde, das so geschickt jeder Komplikation auswich. Wohin führte das, was tat sie? Einer eigentümlichen Handlinie wegen hatte sie immer gleichmütig angenommen, daß sie jung sterben würde, sie hatte sogar damit gerechnet. Und wenn sie alt würde? Sie versuchte sich vorzustellen, sie sei arm, alt, von Charles verlassen und arbeite mühevoll in einem reizlosen Beruf. Sie versuchte sich Angst zu machen, aber es gelang ihr nicht. Was auch kommen mochte, in diesem Augenblick hatte sie den Eindruck, daß die Seine beim Grand Palais immer so golden leuchten würde und daß das die Hauptsache sei. Zum Leben brauchte sie weder dieses brummende Auto noch diesen Mantel von Laroche, das wußte sie genau. Das wußte übrigens auch Charles, und das machte ihn unglücklich. Und wie jedesmal, wenn sie Antoine verließ, spürte sie eine große Zärtlichkeit für Blassans-Lignières, ein starkes Bedürfnis, ihn glücklich zu machen.

Sie wußte nicht, daß Charles, der es gewohnt war, sie bei der Heimkehr vorzufinden, im Zimmer auf- und abging, wie sie drei Stunden zuvor, und sich immer dieselbe Frage stellte: »Und wenn sie nicht mehr zurückkäme?« Sie wußte es nicht, und sie erfuhr es nicht, denn als sie eintrat, lag er auf seinem Bett und las seelenruhig in *Le Monde*; er kannte das Geräusch ihres Autos. »Einen hübschen Tag gehabt?« fragte er mit ruhiger

Stimme und küßte sie zärtlich. Er benutzte ein Kölnisch Wasser, das sie gern mochte, sie mußte daran denken, Antoine dasselbe zu kaufen.

»Ja«, sagte sie. »Ich habe Angst gehabt, daß...«

Sie hielt inne. Sie hatte Lust, mit Charles zu reden, ihm alles zu erzählen, »ich habe Angst gehabt, Antoine zu verlieren, ich habe Angst gehabt, ihn zu lieben«. Aber sie konnte nicht. Sie hatte niemanden, dem sie diesen seltsamen Nachmittag erzählen konnte, sie hatte nie etwas für Vertraulichkeit übrig gehabt und war ein bißchen traurig darüber.

»Ich habe Angst gehabt, nebenher zu leben«, fügte sie verlegen hinzu.

»Neben was?«

»Dem Leben. Dem, was die anderen das Leben nennen. Charles, muß man wirklich lieben, muß man eine unglückliche Leidenschaft haben, muß man arbeiten, sein Leben verdienen, etwas tun, um zu existieren?«

»Das ist nicht unbedingt nötig«, sagte Charles (er schlug die Augen nieder), »solange Sie glücklich sind.«

»Halten Sie das für genug?«

»Durchaus«, sagte er. Und in seiner Stimme lag etwas, ein seltsamer, wehmütig entrückter Unterton, der Lucile weh tat.

Sie setzte sich auf das Bett, streckte die Hand aus, streichelte das müde Gesicht. Charles schloß mit leisem Lächeln die Augen. Sie fühlte, daß sie verständnisvoll war und gut und fähig, ihn glücklich zu machen, sie sagte sich nicht, daß sie diese guten Gefühle Antoines Kommen verdankte, daß sie, wäre er nicht gekommen, Charles gehaßt hätte. Wenn man glücklich ist, macht man gern die anderen zu Helfern seines Glücks, und man weiß erst, wenn man es nicht mehr hat, daß sie nur seine bedeutungslosen Zeugen waren.

»Was machen wir heute abend?« fragte sie.

»Da ist doch dieses Diner bei Diane«, sagte Charles. »Haben Sie das vergessen?«

Seine Stimme war ungläubig und zugleich beglückt. Sie erriet sofort warum, und sie errötete. Mit einem »Ja« würde sie ihm die Wahrheit sagen und ihn zugleich zum Irrtum verleiten. Sie konnte schließlich nicht sagen: »Ich hatte dieses Diner vergessen, aber nicht Antoine. Ich komme von ihm. Und wir waren so von Sinnen, daß wir uns für morgen verabredet haben.«

»Ich hatte es nicht vergessen«, sagte sie, »aber ich wußte nicht, daß es bei ihr ist. Welches Kleid soll ich anziehen?«

Sie wunderte sich, daß ihre Freude, Antoine in ein paar Stunden wiederzusehen, nicht größer war, sondern im Gegenteil, sie etwas verstimmt war. Sie hatten heute nachmittag eine Art Höhepunkt der Erregung erlebt, und ihr schien das Maß voll zu sein, wenn man diesen Ausdruck überhaupt auf Gefühle anwenden konnte. Sie hätte lieber in aller Ruhe mit Charles zu Abend gegessen. Sie tat den Mund auf, um es ihm zu sagen, aber sie hielt sich zurück: das hätte ihm zuviel Freude gemacht, und diese Freude wäre erlogen gewesen. Belügen wollte sie ihn nicht.

»Was wollten Sie sagen?«

»Ich weiß es nicht mehr.«

»Mit Ihren metaphysischen Reflexionen sehen Sie noch konfuser aus als sonst.«

Sie mußte lachen:

»Sehe ich denn immer konfus aus?«

»Und wie. Ich würde Sie zum Beispiel nie allein verreisen lassen. Acht Tage später würde ich Sie Gott weiß wo in einem Wartesaal wiederfinden, ringsherum lägen Taschenbücher, und Sie wären vollkommen informiert über das Leben der Barmixer.«

Bei dieser Möglichkeit sah er fast besorgt aus, und sie lachte. Er meinte wirklich, sie sei unfähig, mit dem Leben fertig zu werden, und plötzlich wurde ihr klar, daß dies sie stärker mit ihm verband als jedes Gefühl der Sicherheit. Er ließ ihre Unverantwortlichkeit gelten, er war damit einverstanden, daß sie vor fünfzehn Jahren unbewußt entschieden hatte, ihre Jugend nie aufzugeben. Gerade diese Entscheidung brachte Antoine sicherlich zur Verzweiflung. Und vielleicht würde die völlige Übereinstimmung zwischen der Persönlichkeit, die sie sein wollte, und der, die Charles in ihr sah, stärker sein als jede Leidenschaft, die sie zwingen könnte, diese Übereinstimmung zu verleugnen.

»Trinken wir inzwischen einen Whisky«, sagte Charles, »ich bin todmüde.«

»Pauline will nicht mehr, daß ich trinke«, sagte Lucile. »Sie könnten einen doppelten verlangen, und ich trinke aus Ihrem Glas.«

Charles lächelte und läutete. »Jetzt fange ich an, kleines Mädchen zu spielen«, sagte sich Lucile, »sogar ohne es zu wollen, und demnächst setze ich mir Plüschtiere auf mein Bett.« Sie reckte sich, ging in ihr Zimmer, und als sie ihr Bett betrachtete, fragte sie sich, ob sie eines Tages neben Antoine erwachen würde.

XI

Dianes Wohnung in der Rue Cambon war sehr schön, voller frischer Blumen, und obwohl es sehr mild war und die Fenstertüren offenstanden, brannten große Feuer in den beiden Kaminen im Salon. Lucile war davon entzückt, atmete einmal den Duft von draußen ein, der schon den Sommer ahnen ließ, einen heißen, schwülen Sommer, dann den herben Geruch des brennenden Holzes, der sie an den vergangenen Herbst erinnerte, untrennbar mit den Wäldern von Sologne verbunden, wohin Charles sie zur Jagd mitgenommen hatte.

»Wie schön«, sagte sie zu Diane, »daß Sie zwei Jahreszeiten in einem einzigen Abend vereint haben.«

»Ja«, erwiderte Diane, »aber man fühlt sich ständig falsch angezogen.«

Lucile mußte lachen. Es war ein ruhiges, offenes Lachen, sie sprach ganz ungezwungen mit ihr, und Diane fragte sich, ob ihre Eifersucht nicht Unsinn sei. Im Grunde benahm sich Lucile gut; sie hatte offenbar diese zerstreute und so beiläufige Art, die sie Antoine nahebrachte, aber vielleicht hatten sie sonst nichts miteinander. Blassans-Lignières sah völlig ausgeglichen aus, Antoine war noch nie so gut gelaunt gewesen, sicherlich täuschte sie sich. Sie spürte Sympathie, fast Dankbarkeit für Lucile:

»Kommen Sie mit, ich will Ihnen die ganze Wohnung zeigen. Macht Ihnen das Spaß?«

Ernsthaft und genau betrachtete Lucile die italienischen Kacheln im Bad, bewunderte laut die Vorzüge des Ankleideraums und folgte Diane in ihr Zimmer.

»Es ist ein bißchen unordentlich«, sagte Diane, »sehen Sie nicht hin.«

Antoine war zu spät gekommen und hatte sich bei ihr umgezogen. Das Hemd und die Krawatte vom Nachmittag lagen auf dem Boden. Diane warf einen raschen Blick auf Lucile, bemerkte aber nur, daß sie etwas betreten aussah wie jemand, der einfach gut erzogen ist. Aber irgend etwas trieb Diane, etwas, weswegen sie sich schämte, ohne es unterdrücken zu können. Sie hob die Sachen auf, legte sie auf einen Sessel und wandte sich mit Verständnis heischendem Lächeln an Lucile:

»Die Männer sind so unordentlich...«

Lucile blickte ihr in die Augen:

»Charles ist sehr ordentlich«, sagte sie liebenswürdig.

Sie hatte Lust zu lachen. Mal sehen, dachte sie, ob sie mir jetzt auch erklärt, daß Antoine nie seine Zahnpaste zuschraubt? Sie empfand keine Eifersucht, die Krawatte war ihr vorgekommen wie eine alte Schulfreundin, die ihr wundersamerweise am Fuß der Pyramiden begegnete. Zugleich dachte sie, daß Diane eine Schönheit sei, und fand Antoine wirklich verschroben, sie ihretwegen aufzugeben. Sie hielt sich für objektiv und scharfsichtig und wohlwollend wie übrigens immer, wenn sie ein bißchen zuviel getrunken hatte.

»Wir müssen wieder hinunter«, sagte Diane. »Ich weiß nicht, warum ich mich verpflichtet fühle, von Zeit zu Zeit eine Abendgesellschaft zu geben. Für die Hausfrau ist das aufreibend. Und ich glaube nicht, daß die Gäste sich dabei besonders amüsieren.«

»Die Gesellschaft sieht sehr vergnügt aus«, sagte

Lucile ehrlich. »Übrigens ist Claire ein bißchen mißgelaunt, und das ist immer ein gutes Zeichen.«

»Das haben Sie bemerkt?« (Diane lächelte.) »Das wundert mich. Sie sehen immer ein bißchen... mh...«

»Konfus aus«, sagte Lucile.

»Genau.«

»Charles hat mir das gerade um sieben gesagt. Ich fange an, es zu glauben.«

Sie mußten lachen, und Lucile spürte plötzlich eine gewisse Zuneigung für Diane. In diesem Kreis gehörte sie sicher zu den wenigen Frauen mit etwas seelischer Vornehmheit, sie hatte nie eine Geschmacklosigkeit oder etwas Gewöhnliches von ihr gehört. Charles sprach gut von ihr, und er war für eine gewisse Niederträchtigkeit, die doch äußerst verbreitet war, sehr empfindlich. Wie schade, daß sie sie nicht zur Freundin haben konnte. Vielleicht eines Tages, wenn Diane wirklich intelligent war, könnte sich alles zum Besten fügen. Dieser abwegige Optimismus erschien auch als Zeichen von Weisheit, und nur Antoines Eintreten verhinderte, daß sie sich mit Diane auf ein Gespräch einließ, das nicht anders hätte ausgehen können als katastrophal.

»Destret sucht Sie überall«, sagte Antoine. »Er ist wütend.« Verwirrt blickte er auf Diane und Lucile.

»Er muß glauben, daß ich eifersüchtig bin und einen Beweis suchte«, dachte Diane, die Luciles offensichtliche Fröhlichkeit beruhigte. Armer Antoine...

»Wir tun nichts Böses, ich zeigte Lucile die Wohnung, denn sie kannte sie nicht.«

Und Lucile, die Antoines verstörte Miene belustigte,

begann mit ihr zu lachen. Sie sahen wie Komplicen aus, und männlicher Zorn packte Antoine. »Wie denn, ich komme aus den Armen der einen, ich werde mit der anderen schlafen, und beide zusammen machen sie sich über mich lustig. Das ist der Gipfel.«

»Was habe ich Komisches gesagt?« sagte er.

»Gar nichts«, erwiderte Diane. »Sie schienen sich maßlose Sorgen zu machen wegen der schlechten Laune von Destret, der doch immer wütend ist, das wissen Sie so gut wie ich. Das macht uns Spaß, weiter nichts.«

Sie ging vor, und als Lucile ihr folgte, schnitt sie Antoine eine Grimasse, geringschätzig und übertrieben. Er zögerte einen Augenblick, dann lächelte er. Vor einigen Stunden hatte sie ihm gesagt: »Ich liebe dich ernstlich«, und er erinnerte sich ihrer Stimme, die das sagte. Mochte sie sich jetzt ruhig aufblasen.

Als Lucile wieder in den Salon trat, stieß sie auf Johnny, der sich langweilte und sich deshalb auf sie stürzte, ihr ein Glas in die Hand drückte und sie zum Fenster zog.

»Ich glühe für Sie, Lucile«, sagte er, »mit Ihnen habe ich wenigstens meine Ruhe. Ich weiß, daß Sie mir nicht erzählen werden, was Sie von dem neuesten Theaterstück halten und nichts vom Benehmen der Gäste.«

»Das sagen Sie mir jedesmal.«

»Nehmen Sie sich in acht«, sagte Johnny plötzlich, »Sie sehen unverschämt glücklich aus.«

Mechanisch fuhr sie sich mit der Hand über das Gesicht, als sei das Glück eine Maske, die sie vergessen hatte abzulegen. Wirklich, heute erst hatte sie zu jemandem gesagt: »ich liebe dich«, und er hatte ihr geantwortet: »ich dich auch«. Sah man ihr das so sehr an? Sie fühlte sich plötzlich im Blickpunkt der Versammelten, sie glaubte zu sehen, wie sich aller Augen auf sie richteten, und sie errötete. Den kaum verdünnten Scotch, den Johnny ihr reichte, trank sie in einem Zug aus.

»Ich habe nur gute Laune«, sagte sie leise, »und ich finde alle diese Leute reizend.«

Und sie, die sich bei derartigen Gesellschaften so wenig verausgabte, setzte es sich plötzlich in den Kopf, sich für ihr freudestrahlendes Gesicht zu rechtfertigen, so wie manche häßliche Frau unaufhörlich redet, damit man ihre Mißgestalt vergißt. Lucile ging von Gruppe zu Gruppe, liebenswürdig, verlegen und zärtlich, sie beglückwünschte sogar die fassungslose Claire Santré zu ihrem vollendeten Kleid. Charles folgte ihr beunruhigt mit den Augen und wollte sich gerade entschließen, mit ihr fortzugehen, als Diane seinen Arm ergriff:

»Charles, heute ist der erste schöne Frühlingsabend, wir wollen tanzen. Niemand hat Lust, schlafen zu gehen, und ich glaube, Lucile am allerwenigsten.«

Sie folgte Lucile freundlich und heiter mit den Augen, und Charles, der ihre Eifersucht kannte und auch gesehen hatte, wie sie Lucile ein paar Minuten beiseite nahm, war plötzlich beruhigt. Lucile mußte Antoine vergessen haben. Und in schweigender Übereinkunft war das wohl ein Fest zu Ehren des Friedens, das Diane ihm vorschlug. Er nahm an.

Sie verabredeten sich in einem Nachtlokal. Charles und Lucile waren als erste da, sie tanzten, sie unterhielten sich vergnügt, denn Lucile mit ihrem Schwips redete wie ein Wasserfall. Plötzlich hielt sie inne. Sie sah in der Tür einen großen Mann stehen, etwas größer als die anderen, mit dunkelblauem Anzug und gelben Augen. Sie kannte das Gesicht dieses Mannes genau, jede Narbe unter dem dunkelblauen Anzug und die Linie seiner Schulter. Er kam auf sie zu, er setzte sich. Diane war noch draußen, um sich zu schminken, und er forderte Lucile zum Tanzen auf. Der Druck seiner Hand an ihrer Schulter, die Berührung seiner Handfläche mit der ihren und der eigentümliche, etwas zu große Abstand, den er zwischen seiner und Luciles Wange hielt und den sie genau als den Abstand des Verlangens erkannte, verwirrten sie derartig, daß sie eine leicht gelangweilte Miene aufsetzte, um ein Publikum zu täuschen, das sie nicht einmal sah. Sie tanzte zum ersten Male mit Antoine, und das nach einem der sentimentalen, wiegenden Chansons, die man in diesem Frühling überall spielte.

Er geleitete sie an den Tisch. Diane war wieder da und tanzte mit Charles. Sie setzten sich in ziemlich großem Abstand voneinander auf eine Polsterbank.

»Hast du dich gut amüsiert?«

Er sah wütend aus.

»Natürlich«, sagte Lucile erstaunt, »du nicht?«

»Überhaupt nicht«, sagte er. »Bei Gesellschaften dieser Art amüsiere ich mich nicht. Und im Gegensatz zu dir finde ich unechte Situationen abscheulich.«

In Wirklichkeit hatte er den ganzen Abend nicht mit Lucile sprechen können, und er begehrte sie. Der Gedanke, daß sie in einigen Minuten mit Charles fortgehen könnte, erbitterte ihn. Er war einer jener Krisen der Tugend verfallen, der Ausschließlichkeit, die sich so oft aus vereiteltem Verlaufen ergibt.

»Du bist für dieses Leben geschaffen«, sagte er.

»Und du?«

»Ich nicht. Es gibt Männer, die ihre Männlichkeit einsetzen, zwischen zwei Frauen hin- und herzupendeln. Mich aber hindert meine Männlichkeit daran, sie mit Behagen zu quälen.«

»Wenn du dich in Dianes Zimmer gesehen hättest«, rief Lucile, »du sahst so verdutzt aus...«

Sie mußte lachen.

»Lach nicht«, sagte Antoine beherrscht. »In zehn Minuten bist du in Charles Armen, oder allein, jedenfalls nicht bei mir...«

»Aber morgen...«

»Ich habe genug von dem ›morgen‹«, sagte er. »Du mußt das endlich einsehen.«

Lucile schwieg. Sie versuchte eine ernste Miene aufzusetzen, aber es gelang ihr nicht. Der Alkohol machte sie euphorisch. Ein Unbekannter forderte sie zum Tanzen auf, Antoine schickte ihn kurz und bündig fort, und das nahm sie ihm übel. Sie hätte gern mit einem Dritten getanzt, gesprochen oder sich sogar mit ihm davongemacht, sie fühlte sich zu nichts verpflichtet, außer sich zu amüsieren.

»Ich habe ein bißchen zuviel getrunken«, sagte sie kläglich.

»Das sieht man«, sagte Antoine.

»Du hättest es vielleicht genauso machen sollen«, sagte sie. »Du bist nicht sehr unterhaltsam.«

Zum ersten Male stritten sie sich. Sie warf einen Blick auf das trotzige, knabenhafte Profil und war gerührt:

»Antoine, du weißt doch...«

»Jaja, daß du mich ernsthaft liebst.«

Und er stand auf. Diane trat an ihren Tisch. Charles sah müde aus. Er warf Lucile einen flehenden Blick zu und bat Diane, sie zu entschuldigen: er mußte am kommenden Morgen früh aufstehen, und hier war es wirklich zu laut für ihn. Lucile erhob keinen Einspruch und folgte ihm. Aber im Wagen fühlte sie sich zum erstenmal, seit sie ihn kannte, gefangen.

XII

Diane schminkte sich im Bad ab. Antoine hatte den Plattenspieler angestellt, saß auf dem Boden und hörte, ohne zuzuhören, ein Konzert von Beethoven. Diane sah ihn im Spiegel und lächelte. Antoine setzte sich immer vor den Plattenspieler wie vor ein heidnisches Bild oder ein Holzfeuer; sie konnte ihm lange erklären, daß der Ton von den technisch vollendeten Lautsprechern komme, die auf beiden Seiten des Zimmers standen und jeden Ton genau zur Raummitte auf die Höhe ihres Bettes übertrugen, er setzte sich vor den Apparat, als fasziniere ihn das schwarze, leuchtende Rotieren der Platte. Sorgsam entfernte sie die Tagesschminke, dann legte sie ihre Nachtschminke auf, extra dazu gemacht, die Falten zu verbergen, ohne sie zu vertiefen. Es ging nicht mehr darum, ihre Haut atmen zu lassen (wie es die Frauenzeitschriften empfahlen) als darum, ihr Herz aufatmen zu lassen. Sie hatte nicht mehr viel Zeit. Ihre Schönheit hielt sie für wesentlich, um Antoine zu halten, und deshalb schonte sie sie nicht für eine uninteressante Zukunft. Es gibt Naturen, und es sind übrigens die großzügigsten, die nur das Gegenwärtige pflegen und den Rest verbrennen. Zu ihnen gehörte Diane.

Antoine saß steif und lauschte den leisen Geräuschen im Bad. Das Abreißen der Kleenex, das Geräusch der Haarbürste waren für ihn weitaus stärker als die Violinen und die Blechinstrumente des Konzertes. In fünf Minuten mußte er aufstehen, sich ausziehen und neben dieser so gepflegten Frau in diesem so schönen Zimmer zwischen die so feinen Laken gleiten. Es verlangte ihn aber nach Lucile. Lucile kam zu ihm, sank auf das schiefe Bett seiner Wirtin, Lucile zog sich hastig aus, Lucile verschwand ebenso, sie war unfaßbar für ihn, seine Diebin, sein Gast. Sie richtete sich nicht häuslich ein, sie würde sich nie häuslich einrichten, er würde nie neben ihr erwachen, sie wäre immer im Vorübergehen. Überdies hatte er ihr den Abend verdorben, und jugendliche Verzweiflung schnürte ihm die Kehle zu.

Diane kam herein in ihrem blauen Negligé, betrachtete einen Augenblick diesen Rücken, diesen steifen blonden Nacken, und sträubte sich, ihn feindlich zu finden. Sie war müde, sie hatte ausnahmsweise ein bißchen getrunken, sie war gut gelaunt. Sie wünschte, daß Antoine mit ihr spräche, mit ihr lachte, daß er ihr von seiner Kindheit erzählte, ohne Hintergedanken.

Sie wußte nicht, daß er gerade von diesem Hintergedanken besessen war, von der moralischen Verpflichtung, sie zu lieben, und daß er sie in seiner Ungerechtigkeit für unfähig hielt, etwas anderes von ihm zu verlangen. Auch als sie sich neben ihn setzte und freundschaftlich ihren Arm unter den seinen schob, dachte er: Ja ja, eine Sekunde, mit einer inneren Flegelhaftigkeit, die sonst nicht seine Art war. Denn selbst bei seinen übelsten Liaisons hatte er stets eine gewisse Achtung vor der Liebe bewahrt und so etwas wie eine Minute der Sammlung, bevor er die Hand auf jemanden legte.

»Ich liebe dieses Konzert«, sagte Diane.

»Es ist sehr schön«, sagte Antoine höflich wie einer, den man am Strand gestört hat, um ihn darauf hinzuweisen, daß das Mittelmeer blau ist.

»Der Abend war ziemlich gelungen, nicht?«

»Ein wahres Feuerwerk«, sagte Antoine und streckte sich mit geschlossenen Augen auf dem Teppich aus.

So wirkte er riesenhaft und schrecklich einsam. Er hörte noch seinen eigenen sarkastischen und boshaften Ton, und er fand sich abscheulich. Diane rührte sich nicht, »schön, alt und geschminkt«. Wo hatte er das gelesen? In Pepys' Journal.

»Hast du dich sehr gelangweilt?«

Sie war aufgestanden, schritt durch das Zimmer, richtete eine Blume in der Vase auf, strich zärtlich mit der Hand über ein Möbelstück. Er beobachtete sie zwischen den Wimpern. Sie liebte die Gegenstände, sie liebte diese erbärmlichen Gegenstände, er gehörte dazu, er war ein Prunkstück in ihrem Luxus, er war ein junger Mann, der sich aushalten ließ. Nicht richtig, nein, natürlich nicht, aber er dinierte bei »ihren Freunden«, schlief in »ihrer Wohnung«, er lebte »ihr Leben«. Es war leicht, Lucile zu verurteilen. Lucile war wenigstens eine Frau.

»Du antwortest nicht? Hast du dich denn so gelangweilt?«

Ihre Stimme. Ihre Fragen. Ihr Negligé. Ihr Parfüm. Er konnte es nicht mehr ertragen. Er drehte sich auf den Bauch, vergrub den Kopf in den Armen. Sie kniete neben ihm nieder.

»Antoine... Antoine...«

Es lag solche Verzweiflung, solche Zärtlichkeit in ihrer Stimme, daß er sich umwandte. Sie hatte ein bißchen zu glänzende Augen. Sie starrten sich an, und er wandte sich ab, zog sie an sich. Sie machte eine ungeschickte, ängstliche Bewegung, um sich neben ihn zu legen, als hätte sie Angst zu zerbrechen, als litt sie unter Rheumatismus. Und da er sie nicht liebte, begehrte er sie.

Charles war nach New York gefahren, allein, und seine Reise war auf vier Tage zusammengeschrumpft. Lucile streifte im offenen Wagen durch die blauenden Straßen von Paris; sie erwartete den Sommer, sie erkannte ihn an jedem Duft, an jedem Reflex auf der Seine, sie ahnte schon jenen Geruch von Staub, Bäumen und Erde, der bald bei Nacht über dem Boulevard Saint-Germain läge, auf dem rosigen Himmel, auf den großen Kastanien, die ihn fast verdeckten, und den immer zu früh brennenden Laternen, die es in ihrer Berufsehre kränkte, wenn sie, die kostbaren Helfer des Winters, im Sommer zu halben Parasiten wurden –

eingeklemmt zwischen einem Tag, der nicht verdämmern wollte, und dem Morgengrauen, das schon ungeduldig am Himmel auf der Stelle trat vor Lust, sich darauf breitzumachen. Am ersten Abend schlenderte sie durch Saint-Germain-des-Prés, begegnete dort Studienfreunden, Freunden von früher, die sie mit großem Geschrei wie eine Auferstandene empfingen, und so fühlte sie sich auch. Nachdem ein paar Späße, ein paar Erinnerungen wachgerufen waren, bemerkte sie, daß sie einen Beruf hatten, materielle Sorgen, Freundinnen, und daß ihre eigene Sorglosigkeit sie mehr störte als zerstreute. Die Mauer des Geldes war wie die Schallmauer: jedes dorthin gesprochene Wort kam erst ein paar Sekunden später, zu spät beim Gesprächspartner an.

Sie lehnte es ab mit ihnen in der guten alten Kneipe in der Rue Cujas zu Abend zu essen, sie ging um halb neun ein bißchen deprimiert heim. Erfreut briet ihr Pauline in der Küche ein Steak, und bei weit offenem Fenster legte sie sich auf ihr Bett. Sie sah auf dem Teppich das Tageslicht schwinden, hörte, wie die Straßengeräusche nachließen, und sie besann sich, wie vor zwei Monaten der Wind sie geweckt hatte. Nicht so ein kraftloser ordentlicher Wind wie dieser, sondern ein frecher, rascher Wind voller Munterkeit, der sie aufzuwachen gezwungen hatte, wie dieser sie zum Einschlafen drängte. Zwischen ihnen beiden war Antoine; war das Leben. Sie würde morgen mit ihm zu Abend essen, allein, zum erstenmal. Und das beunruhigte sie. Daß jemand sich mit ihr nicht langweilte, das fürchtete sie eigentlich mehr als das Gegenteil, aber andrerseits fühlte sie sich so erfüllt von Leben, sie empfand eine solche Süßigkeit, auf dem Bett ausgestreckt, sich allmählich von Schatten umfangen zu lassen, sie war so einverstanden mit dem Gedanken, die Erde sei rund und das Leben komplex, daß sie meinte, nichts und niemand könne ihr etwas Böses anhaben. Es gibt manchmal in der Einsamkeit Augenblicke vollkommnen Glückes, deren Erinnerung uns im Ernstfall besser vor der Verzweiflung retten kann als irgendein äußeres Geschehen. Denn man weiß, daß man glücklich gewesen ist, allein und grundlos. Man weiß, daß das möglich ist. Und das Glück – das uns so sehr an jemanden gebunden scheint, weil man durch ihn unglücklich ist und so unwiderruflich und beinahe organisch abhängig von ihm – erscheint uns wie etwas Glattes, Rundes, Unversehrtes, für immer frei und zu haben (in weiter Ferne natürlich, aber durchaus möglich). Und diese Erinnerung ist stärkender als ein Glück, das man zuvor mit jemandem geteilt hat, denn eine Liebe, sobald sie vorüber ist, scheint ein Irrtum zu sein, und die glückliche Erinnerung daran bedeutet nichts mehr.

Sie mußte am nächsten Tag um sechs bei Antoine vorbeifahren. Sie wollten Luciles Wagen nehmen und auf dem Land zu Abend essen. Sie hätten die ganze Nacht für sich. Lächelnd schlief sie ein.

Der Kies knirschte unter den Füßen der Kellner, Fledermäuse schwärmten auf der Terrasse um die Lampen, und am Nebentisch verschlang ein Paar, dem man den zu hohen Blutdruck ansah, flambierte Omeletts. Sie waren fünfzehn Kilometer von Paris, es war ein bißchen frisch, und die Wirtin hatte Lucile einen Schal um die Schultern gelegt. Es war einer der tausend kleinen Gasthöfe, die ehebrechenden oder müden Parisern gute Luft und eine mehr oder weniger sichere Chance der Diskretion bieten. Antoine war vom Wind zerzaust, er lachte. Lucile erzählte ihm von ihrer Kindheit, einer glücklichen Kindheit.

»...Mein Vater war Notar. Er schwärmte für La Fontaine. Er lief am Ufer des Indre spazieren und rezitierte Fabeln. Später schrieb er selbst welche, änderte selbstverständlich die Rollen. Ich bin sicherlich eine Rarität unter den französischen Frauen, weil ich eine Fabel mit dem Titel *Das Lamm und der Rabe* auswendig weiß. Du hast Glück.«

»Ich habe großes Glück«, sagte Antoine. »Ich weiß. Erzähle weiter.«

»Er starb, als ich zwölf Jahre alt war, und mein Bruder bekam spinale Kinderlähmung. Er sitzt heute noch im Rollstuhl. Meine Mutter ging natürlich in leidenschaftlicher Fürsorge für ihn auf. Sie verläßt ihn nicht. Sie hat mich ein bißchen vergessen, glaube ich.«

Sie schwieg. Als sie nach Paris kam, hatte sie jeden Monat unter Schwierigkeiten Geld an ihre Mutter geschickt. Seit zwei Jahren tat es Charles, ohne je darüber zu reden.

»Meine Eltern haßten sich«, sagte Antoine. »Sie ließen sich nicht scheiden, damit ich ein Elternhaus behielt. Ich kann dir versichern, daß ich lieber zwei gehabt hätte.«

Er lächelte, streckte die Hand über den Tisch, drückte die Hand Luciles.

»Weißt du, was das heißt? Wir haben den ganzen Abend, die ganze Nacht.«

»Laß uns langsam nach Paris zurückfahren mit geschlossenem Verdeck. Du fährst ganz sachte, weil es kalt ist. Ich stecke dir die Zigarette an, damit du das Steuer nicht loszulassen brauchst?«

»Weil du es bist, werden wir sachte fahren. Wir gehen tanzen. Dann gehen wir in unser Bett, und morgen früh erfährst du endlich, ob ich Kaffee trinke oder Tee, und mit wieviel Zucker.«

»Tanzen? Da werden wir alle Welt treffen.«

»Na und«, sagte Antoine trocken, »denkst du, ich will mich mein Leben lang verstecken?«

Sie gab keine Antwort, schlug die Augen nieder.

»Du wirst dich entscheiden müssen«, sagte Antoine sanft, »aber nicht heute abend, keine Sorge.«

Sie hob den Kopf, so sichtbar erleichtert, daß er sich das Lachen nicht verbeißen konnte. »Ich weiß schon, daß du über den geringsten Aufschub glücklich bist. Du lebst nur für den Augenblick, nicht wahr?«

Sie antwortete nicht. Sie fühlte sich so sehr wohl an seiner Seite und ganz natürlich, durch ihn verspürte sie Lust zu lachen, zu sprechen und zu lieben, alles kam von ihm, und das macht ihr ein bißchen Angst.

Am anderen Morgen erwachte sie früh, richtete die Augen verwirrt auf das unordentliche Zimmer und auf den langen, blondbehaarten Arm, der ihr die Bewegungsfreiheit nahm. Sofort schloß sie die Augen wieder, drehte sich auf den Bauch, lächelte. Sie war bei Antoine, sie wußte, was das hieß, »eine Liebesnacht erleben«. Sie waren tanzen gegangen und waren niemandem begegnet.

Sie waren zu ihm gegangen und hatten geredet, einander begehrt, bis sie der helle Tag auf dem Bett überraschte, trunken von Worten und Gebärden in dem großen, erschöpften Frieden nach der maßlosen Sinnenlust. Sie hatten in dieser Nacht fast zu sterben geglaubt in ihrem Rausch, und der Schlaf war gekommen wie ein wundersames Floß, und sie hatten sich hinaufgeschwungen, ausgestreckt, bevor ihnen die Sinne schwanden, und hielten sich dennoch in letztem Einverständnis locker bei der Hand. Sie betrachtete das abgewandte Profil von Antoine, seinen Hals, seinen auf den Wangen sprießenden Bart, die blauen Augenringe, und es erschien ihr unbegreiflich, daß sie je anderswo hatte erwachen können, als an seiner Seite. Sie mochte es, daß er so lässig war, so verträumt am Tag und so heftig, so eindeutig bei Nacht. Als weckte die Liebe in ihm einen unbekümmerten Heiden, dessen einziges, unerbittliches Gesetz das Gesetz der Lust war.

Er wandte den Kopf zu ihr um, schlug die Augen auf, heftete diesen halb zögernden, halb verwunderten Neugeborenenblick auf sie, den die Männer beim Erwachen haben. Er erkannte sie, lächelte und drehte sich zu ihr herum. Sein schwerer, vom Schlaf warmer Kopf lag auf Luciles Schulter, lächelnd sah sie seine großen Füße aus den wirren Decken am anderen Ende des Bettes hervorlugen. Er seufzte, murmelte kläglich vor sich hin.

»Du hast hellgelbe Augen morgens, unglaublich«, sagte sie. »Wie Bier.«

»Du Dichterin«, sagte er.

Er richtete sich plötzlich auf, fing sich Luciles Gesicht und drehte es zum Licht.

»Deine sind fast blau.«

»Nein, sie sind grau. Graugrün.«

»Angeberin.«

Sie saßen einander im Bett gegenüber, nackt. Er hielt noch immer mit forschender Miene ihr Gesicht fest, und sie lächelten sich an. Er hatte sehr breite, knochige Schultern, und sie entwischte seiner Hand, legte ihre Wange gegen seine Brust. Sie hörte sein Herz ganz laut klopfen, ebenso laut wie ihr eigenes.

»Dein Herz klopft ganz laut«, sagte sie. »Vor Müdigkeit?«

»Nein«, sagte Antoine, »das ist die Chamade.«

»Was ist das eigentlich, die Chamade?«

»Das kannst du im Lexikon nachsehen. Ich habe jetzt keine Zeit, es dir zu erklären.«

Und er legte sie sanft quer auf das Bett. Draußen war heller Tag.

Gegen Mittag rief Antoine in seinem Büro an, erklärte, daß er Fieber habe, nachmittags aber käme.

»Ich weiß ja«, sagte er, »das sind Schülermethoden, aber es kommt nicht in Frage, daß ich mich hinauswerfen lasse. Immerhin ist das mein Broterwerb.«

»Verdienst du viel Geld?« fragte Lucile lässig.

»Sehr wenig«, sagte er in demselben Ton. »Findest du das wichtig?«

Sie mußte lachen.

»Nein, ich finde Geld bequem, weiter nichts.«

»So bequem, daß es wichtig ist?...«

Verwundert sah sie ihn an. »Warum alle diese Fragen?«

»Weil ich die Absicht habe, mit dir zu leben, dich also zu ernähren...«

»Entschuldige«, fiel ihm Lucile sehr schnell ins Wort, »ich kann mir mein Leben verdienen. Ich habe ein Jahr bei *L'Appel* gearbeitet, einer Zeitung, die heute nicht mehr erscheint. Das war amüsant, nur daß sie dort alle entsetzlich ernst und schwülstig waren und daß...«

Antoine streckte die Hand aus und hielt ihr den Mund zu.

»Du hast mich bestimmt verstanden. Ich will mit dir leben oder dich nicht mehr sehen. Ich lebe hier, ich verdiene wenig, ich kann dich auf keinen Fall das Leben führen lassen, das du augenblicklich führst. Verstehst du?«

»Aber Charles?« sagte Lucile schwach.

»Charles oder ich«, sagte Antoine. »Er kommt morgen zurück, nicht wahr? Morgen abend kommst du endgültig her, oder wir sehen uns nicht wieder. Punkt.«

Er stand auf und ging ins Bad. Lucile kaute an den Nägeln, sie versuchte nachzudenken, ohne daß es ihr gelang. Sie reckte sich, schloß die Augen. Das mußte kommen, sie wußte, daß es kommen mußte, die Männer waren entsetzlich anstrengend. Übermorgen mußte sie einen Entschluß fassen, und das war eines der Worte der französischen Sprache, vor denen ihr am meisten graute.

XIII

Orly war in kaltes Sonnenlicht getaucht, das sich in den Fensterscheiben, auf den silbrigen Rücken der Flugzeuge, auf den Pfützen der Rollbahn in tausend grauschillernden, die Augen blendenden Reflexen spiegelte.

Charles' Flugzeug hatte zwei Stunden Verspätung, und Lucile irrte nervös durch die Halle. Wenn Charles etwas passierte, würde sie es nicht ertragen, es wäre ihre Schuld, sie hatte sich geweigert, mitzufahren, sie hatte ihn betrogen. Die entschlossene und traurige Miene, die sie vor zwei Stunden aufgesetzt hatte und die Charles, bevor sie überhaupt den Mund auftat, schon zeigen sollte, daß etwas nicht stimmte, verwandelte sich, ohne daß sie es merkte, in ein ängstliches, zärtliches Gesicht. Dieses Gesicht sah er, als er am Zoll vorbeikam, und lächelte ihr warm und beruhigend zu; das trieb Lucile die Tränen in die Augen. Er kam heran, küßte sie zärtlich, drückte sie einen Augenblick an sich, und Lucile sah, wie ihr eine junge Frau einen gehässigen Eifersuchtsblick zuwarf. Sie vergaß immer wieder, daß Charles ein schöner Mann war, so ausschließlich gehörte ihr seine Zärtlichkeit. Er liebte sie, so wie sie war, er verlangte keine Rechenschaft von ihr, er forderte nichts, und sie empfand einen Anflug von Groll gegen Antoine. Er hatte leicht reden von einer Wahl, einem Bruch, als ob man zwei Jahre mit einem Menschen leben könnte, ohne an ihm zu hängen. Sie ergriff Charles' Hand und hielt sie fest. Ihr schien, als müsse sie ihn gegen jemanden verteidigen, sie wußte nicht mehr, daß der jemand sie selbst war.

»Ich habe große Sehnsucht nach Ihnen gehabt«, sagte Charles. Er lächelte, bezahlte den Gepäckträger, bezeichnete dem Chauffeur seine Koffer mit gewohnter Selbstverständlichkeit. Schon lange hatte sie nicht mehr bemerkt, wie einfach, wie leicht alles mit ihm war. Er öffnete ihr die Wagentür, ging auf die andere

Seite, setzte sich neben sie, ergriff fast schüchtern ihre Hand, sagte »zu Hause« mit der frohen Stimme eines Mannes, der glücklich ist, zurückzufahren. Sie fühlte sich in der Falle.

»Warum haben Sie sich nach mir gesehnt, was haben Sie denn an mir?«

Ihre Stimme klang verzweifelt, aber Charles lächelte, als sei das nur Koketterie.

»Alles habe ich an Ihnen, das wissen Sie doch.«

»Das verdiene ich nicht«, sagte sie.

»Wissen Sie, der Begriff Verdienst, im Hinblick auf Gefühle... Ich habe Ihnen ein sehr schönes Geschenk aus New York mitgebracht.«

»Was ist es denn?«

Er wollte es nicht verraten, und sie stritten sich zärtlich, bis sie zu Hause waren. Pauline schrie erleichtert auf, als sie sie erblickte, denn für sie war jede Reise im Flugzeug eine tödliche Gefahr, und gemeinsam packten sie Charles' Koffer aus. Er hatte ihr einen hellen Nerzmantel mitgebracht, das gleiche Grau wie ihre Augen, seidenweich, und er lachte wie ein Kind, als sie ihn anprobierte. Am Nachmittag rief sie Antoine an, sagte ihm, daß sie ihn sehen müsse und daß sie keinen Mut gehabt habe, mit Charles zu reden.

»Vorher will ich dich nicht sehen«, sagte Antoine und hängte ein.

Seine Stimme klang komisch.

Vier Tage lang sah sie ihn nicht, und weil sie zornig war, tat es ihr nicht weh. Sie nahm es ihm übel, daß er so grob eingehängt hatte, denn sie verabscheute jede Form von Roheit. Und schließlich war sie fast sicher, daß er sie anrufen würde. Sie hatten sich in jener Nacht einander zu sehr verbunden, gemeinsam waren sie in der Liebe zu weit gegangen, sie waren zwei Diener desselben Kultes geworden, und dieser Kult bestand jetzt außerhalb von ihnen, wohin auch die Launen des einen oder des anderen führen mochten. Antoines Geist mochte ihr wohl gram sein, sein Leib war jetzt des ihren Freund, bedurfte des ihren, um sich vollständig zu fühlen, sehnte sie nach ihm. Ihre Körper waren wie zwei befreundete Pferde, vorübergehend getrennt durch das Zerwürfnis ihrer Herren, aber schließlich würden sie wieder zusammen über die sonnige Landschaft der Lust galoppieren. Das Gegenteil hielt sie für unmöglich; sie konnte sich nicht vorstellen, daß man seinem Verlangen widerstehen kann, nie hatte sie das eingesehen, weder die Notwendigkeit noch deren Rechtfertigung. Und in diesem engherzigen, weinerlichen Frankreich erkannte sie kaum eine bessere Moral als die, die ihr ein lebendiges, heißes Blut eingab.

Sie nahm Antoine vor allem übel, daß er sie nicht hatte erklären lassen. Sie hätte ihm von der Verspätung des Flugzeugs, von ihrer Angst erzählt, sie hätte ihm ihren guten Willen bewiesen. Zweifellos hätte sie bei ihrer Entscheidung bleiben und sie Charles abends erklären können. Aber ihr war der Entschluß so schwergefallen, sie hatte sich derartig zwingen müssen, sich in diese dramatische Situation eines Bruches zu versetzen, daß ihr das Scheitern ihres Versuches ein kabbalistisches Zeichen zu sein schien. Eine gewisse Unehrlichkeit macht leicht abergläubisch. Indessen, Antoine rief nicht an, und sie war verdrossen.

Der Sommer kam, die Abendgesellschaften fanden im Freien statt, und Charles nahm sie mit zu irgendeinem Diner im *Pré-Catelan*. Antoine und Diane waren der Mittelpunkt einer sehr lebhaften Gruppe unter einem Baum, und Lucile hörte Antoine lachen, bevor sie ihn sah. Sie dachte blitzartig: »Was, er lacht ohne mich!« aber die Freude trieb sie trotzdem zu ihm hin. Sie reichte ihm lächelnd die Hand, aber er erwiderte ihr Lächeln nicht, verbeugte sich hastig und wandte sich ab. Da wurde das hell erleuchtete, grünende *Pré-Catelan* finster, und plötzlich sah sie, wie dürftig, wie seicht die Menschen waren, wie trostlos langweilig dieser Ort, dieses Milieu, ihr eigenes Leben. Wenn Antoine mit seinen gelben Augen, seinem Zimmer nicht da war, und die paar Stunden der Wahrheit, die sie dreimal in der Woche in seinen Armen verbrachte, wurde jede Einzelheit dieser unruhigen, wirren und eigentlich heiteren Welt zu der scheußlichen Erfindung eines unbegabten Dekorateurs. Claire Santré erschien ihr einfach abscheulich, Johnny lächerlich, und Diane halb tot. Sie wich zurück.

»Lucile«, rief Diane mit ihrer gebieterischen Stimme, »reißen Sie doch nicht aus. Sie haben ein sehr hübsches Kleid an.«

Diane verschwendete jetzt gern Liebenswürdigkeiten an Lucile. Damit gedachte sie zu beweisen, daß sie sich vollkommen sicher fühlte. Aber Johnny lächelte darüber, und vor allem Claire, der er letzten Endes doch alles »gestanden« hatte. Natürlich war der kleine Kreis unterrichtet worden, und genau in dem Augenblick, da Lucile und Antoine unentschlossen, blaß und verstört beieinanderstanden, bedachte man sie nun mit den halb neidischen, halb spöttischen Blicken, die man für Frischverliebte in Reserve hat. Lucile trat näher.

»Ich habe dieses Kleid seit gestern«, sagte sie mechanisch, »aber ich fürchte, daß es heute abend ein bißchen kalt wird.«

»In diesem Kleid holen Sie sich nicht so leicht eine Bronchitis wie Coco Dourede in ihrem«, sagte Johnny. »Habe nie so wenig Stoff auf einer so großen Oberfläche gesehen. Sie hat gesagt, es ließe sich wie ein Taschentuch waschen. Es muß sogar weniger Zeit in Anspruch nehmen.«

Lucile warf einen Blick auf Coco Dourede, die wirklich halb nackt unter den elektrischen Girlanden promenierte. Ein schwerer, köstlicher Duft von feuchter Erde stieg aus dem Bois de Boulogne auf.

»Sie sehen nicht gerade vergnügt aus, meine liebe Lucile«, sagte Claire.

Ihre Augen glänzten. Ihre Hand lag auf dem Arm von Johnny, der sie auch überwachte. Diane wurde durch ihr Schweigen neugierig und musterte sie. »Das sind ja Hunde«, dachte Lucile, »Hunde, die mich aus Neugier in Stücke reißen würden, wenn sie könnten.« Sie lächelte schwach.

»Mir ist wirklich kalt. Ich will Charles um meinen Mantel bitten!«

»Ich hole ihn«, sagte Johnny. »Der junge Mann an der Garderobe ist köstlich.«

Er kam sofort zurück. Seit ihrer Ankunft hatte sie Antoine nicht mehr angeblickt, jetzt sah sie ihn von der Seite.

»Aber das ist ja ein neuer Mantel«, rief Claire... »göttlich, dieses Pastellgrau, ich habe ihn nie bei Ihnen gesehen.«

»Charles hat ihn mir aus New York mitgebracht«, sagte sie.

Und da begegnete sie Antoines Blick, und als sie darin las, hätte sie ihn ohrfeigen mögen. Sie drehte sich brüsk herum und entfernte sich.

»Als ich jung war, hat ein Nerz mich strahlend glücklich gemacht«, sagte Claire.

Aber Diane runzelte die Brauen. Antoine hatte neben ihr seine, wie sie es nannte, blinde Miene aufgesetzt. Er rührte sich nicht, und sein Gesicht war ausdruckslos.

»Treiben Sie einen Whisky für mich auf«, sagte sie.

Da sie nicht wagte, ihm Fragen zu stellen, gab sie ihm Befehle. Das besänftigte sie ein bißchen.

Den ganzen Abend kamen sie einander keinen Schritt entgegen. Aber um Mitternacht fanden sie sich plötzlich allein an den beiden Enden eines Tisches, da alle tanzen gegangen waren. Wenn er nicht unhöflich sein wollte, mußte er sich ihr nähern, und er wollte sie nicht gegen sich aufbringen. Was er seit zwei Tagen durchgemacht hatte, erdrückte ihn. Er hatte sich vorgestellt, wie sie in Charles' Armen lag, ihn küßte, ihm die Worte sagte, die er kannte. Vor allem einen gewissen Gesichtsausdruck hatte er sich vorgestellt, hingebungsvoll und doch verschlossen über einem leidenschaftlichen Geheimnis, einen Ausdruck, den er bei ihr erschaffen hatte und der von nun an sein einziges Streben war. Er war tödlich eifersüchtig wegen dieser Frau. Er ging um den Tisch, setzte sich neben sie.

Sie blickte ihn nicht an, und plötzlich neigte er zähneknirschend den Kopf. Das war nicht möglich, es war nicht zu ertragen, diese zerstreute Fremde, die nackt in der Sonne bei ihm gewesen war, vor kaum einer Woche.

»Lucile«, sagte er, »was machst du aus uns?«

»Und du?« sagte sie. »Dich packt eine Laune, und ich muß binnen vierundzwanzig Stunden brechen. Das ist nicht möglich.«

Sie war vollkommen verzweifelt und vollkommen ruhig. Ausgeleert.

»Das ist keine Laune«, sagte er in gequetschtem Ton. »Ich bin eifersüchtig. Dafür kann ich nichts. Ich kann es nicht ertragen, zu lügen, das bringt mich um. Bestimmt. Die Vorstellung, daß... daß...«

Er hielt inne, fuhr sich mit der Hand über das Gesicht und fuhr fort:

»Sag mir, seit Charles wieder zu Hause ist, hast du, habt ihr...«

Heftig wandte sie sich zu ihm um:

»Ob ich mit ihm geschlafen habe? Natürlich. Er hat mir schließlich einen Nerz mitgebracht, oder?«

»Du denkst nicht wie du sprichst«, sagte er.

»Nein. Aber du, du hast so gedacht. Ich habe es dir vorhin angesehen. Darum hasse ich dich.«

Ein Paar kam, und Antoine erhob sich rasch.

»Komm tanzen«, sagte er. »Ich muß mit dir reden.«

»Nein«, erwiderte sie. »Ist es nicht so, wie ich eben gesagt habe?«

»Vielleicht... man reagiert manchmal böse.«

»Aber nicht ordinär«, sagte sie und wandte sich von ihm ab.

»Sie tut mir unrecht«, dachte er, »sie betrügt mich und tut mir unrecht.« Zorn überkam ihn, er packte ihr Handgelenk und riß sie so hart an sich, daß sich einige Köpfe nach ihnen umwandten.

»Komm tanzen.«

Sie leistete Widerstand, Tränen des Zorns und des Schmerzes standen in ihren Augen.

»Ich habe keine Lust zum Tanzen.«

Antoine fühlte sich wie ein Gefangener seiner selbst, er vermochte weder sie loszulassen noch mit Gewalt mitzuziehen. Zugleich faszinierten ihn ihre Tränen; es fuhr ihm durch den Kopf: »Ich habe sie nie weinen sehen, wie gern möchte ich, daß sie nachts bei mir einen alten Kindheitskummer ausweint, wie gern würde ich sie trösten.«

»Laß mich los, Antoine«, sagte sie leise.

Es wurde grotesk. Er war viel stärker als sie, hatte sie halb vom Stuhl hochgezogen, und sie war unfähig, einfach zu lächeln, natürlich wie über einen Scherz. Man sah sie an. Er war verrückt, verrückt und böse, er jagte ihr Angst ein, und dabei gefiel er ihr sogar.

»So etwas nennt man Aufforderung zum Tanz«, sagte Charles hinter Antoines Rücken.

Antoine ließ Lucile brüsk los und wandte sich um. Er hätte diesem alten Kerl einen kräftigen Faustschlag versetzen und alle diese Leute auf ewig verlassen mögen. Aber neben Charles stand Diane, lächelnd, tadellos, ein bißchen neugierig, wie es schien, und unnahbar.

»Wollen Sie Lucile mit Gewalt zum Tanzen zwingen?«

»Ja«, sagte er und starrte sie an. Er wollte sie verlassen, heute abend, das wurde ihm jetzt klar, und eine große Ruhe kam über ihn. Auch großes Mitleid. Sie zählte so wenig bei dieser Affäre, sie hatte ihn nie interessiert.

»Sie sind doch kein Beatle«, sagte sie, »aus dem Alter sind Sie heraus.«

Dann setzte sie sich an den Tisch. Charles beugte sich zu Lucile hinunter und fragte sie lächelnd, aber mit hartem Gesicht, was passiert sei. Lucile lächelte auf ihre Art, sie mußte etwas antworten, gleichgültig was, an Erfindungsgabe fehlte es ihr nicht. Alle hatten hier übrigens eine unerschöpfliche Erfindungsgabe, um sich aus einem üblen Engpaß herauszuwinden, kleine Geheimnisse, zu verbergen, sie zu nähren, zu unterhalten. Alle, nur er nicht, Antoine. Er zögerte, machte eine komische Kehrtwende, fast einen Sprung, und ging mit großen Schritten fort.

XIV

Draußen regnete es, sie hörte die Tropfen auf das Trottoir rieseln, es mußte so ein melancholischer, kraftloser Sommerregen sein, der eher das Werk eines faulen Gärtners als die Wut der Elemente zu sein scheint. Schon sickerte Tageslicht auf den Teppich, sie lag in ihrem Bett, sie konnte nicht schlafen. Ihr Herz klopfte, sie spürte, wie es sich bewegte, ihr Blut durch frenetische Pulsschläge in alle ihre Glieder schickte, sie spürte ihre Fingerspitzen schwer werden und wie die blaue Ader hervorsprang, die ihre linke Schläfe wie ein Pfeil durchzog. Beruhigen konnte sie dieses Herz nicht, sie duldete es mit einer Mischung von Spott und Verzweiflung seit nun bald zwei Stunden. Seit sie vom *Pré-Catelan* heimgekehrt waren, kurz nachdem sie sich umgewandt hatte, um festzustellen, daß Antoine verschwunden war, daß Diane erbleichte und die Allgemeinheit sich an dem kleinen Skandal erfreute.

Sie war nicht mehr zornig, sie fragte sich sogar, was ihn veranlaßt hatte. Antoines Blick bei dem Zwischenfall mit dem Mantel hatte sie beleidigend gefunden. Er schien zu bedeuten, daß sie käuflich sei, aber war sie es nicht in gewissem Sinne? Sie lebte auf Charles' Kosten und war empfänglich für seine Geschenke, die sie annahm – zweifellos weniger des Preises als der guten Absicht wegen –, aber sie nahm sie an. Sie konnte es nicht leugnen, und sie dachte auch gar nicht daran, so natürlich fand sie es, von einem Mann ausgehalten zu werden, der die Mittel dazu hatte und den sie übrigens schätzte. Aber Antoine hatte sich in der Auslegung gewaltig geirrt: er hatte gemeint, sie bleibe deshalb bei Charles, sie verzichtete deshalb auf ihn, er hatte geglaubt, sie sei zu solcher Berechnung fähig, er hatte sie verurteilt und zweifellos verachtet. Sie wußte schon, daß Eifersucht fast unvermeidlich zu niedrigen Überlegungen, Handlungsweisen, Urteilen führte, aber sie konnte das von Antoine nicht ertragen, so eifersüchtig er auch sein mochte. Sie glaubte an ihn, an eine Art Verwandtschaft zwischen ihm und sich, ein geistiges Einvernehmen, und ihr war, als habe sie durch seine Schuld einen bösen Schlag bekommen.

Was konnte sie ihm sagen? »Natürlich, Charles hat mir diesen Mantel mitgebracht, und ich habe mich darüber gefreut. Natürlich habe ich nach seiner Rückkehr das Bett mit ihm geteilt, wie es von Zeit zu Zeit vorkommt. Natürlich hat das nichts mit dem zu tun, was sich zwischen dir und mir abspielt, denn das ist Leidenschaft, und der Leidenschaft kommt nichts anderes gleich. Mein Körper hat nur mit dem deinen Einbildungskraft und Einvernehmen, und das müßtest du wissen.« Aber er verstand sie nicht. Es war eine tausendmal erwiesene Binsenwahrheit, daß Männer derartige Dinge bei einer Frau nicht verstanden. Sie merkte, wie sie in eine Suffragettenphilosophie geriet, und sie ärgerte sich. »Rede ich etwa von seinem Verhältnis mit Diane, nein, ich bin nicht eifersüchtig, bin ich deshalb ein Scheusal? Und wenn ich ein Scheusal bin, was kann ich daran ändern, nichts.« Aber wenn sie sich nicht änderte, würde sie Antoine verlieren, und bei diesem Gedanken begann sie zu zittern, und sie wälzte sich in ihrem Bett wie ein Fisch auf dem Trockenen. Es war vier Uhr früh.

Charles trat ins Zimmer. Er setzte sich behutsam und mit zerquältem Gesicht auf das Bett. Im grauen Dämmerlicht sah man ihm seine fünfzig Jahre an, und sein etwas sportlicher Morgenrock aus Foulardseide änderte nichts daran. Er legte Lucile die Hand auf die Schulter und verharrte einen Augenblick reglos.

»Haben Sie auch nicht geschlafen?«

Sie deutete eine Verneinung an, versuchte zu lächeln, der Küche des *Pré-Catelan* die Schuld zu geben. Aber das ging über ihre Kräfte. Sie schloß die Augen.

»Vielleicht sollten wir« ... begann Charles ... (er hielt inne, dann sprach er mit fester Stimme weiter) »möchten Sie fort? Allein oder mit mir, in den Süden? Das Meer heilt Sie von allem, haben Sie mir immer gesagt.«

»In den Süden«, erwiderte sie verträumt... »in den Süden?...«

Und unter ihren hartnäckig geschlossenen Lidern sah sie das Meer auf den Strand wogen, sie sah die Farbe des Sandes, wenn ihn abends die Sonne verläßt. Alles, was sie liebte. Alles was ihr sicherlich fehlte.

»Ich fahre mit Ihnen, sobald Sie können«, sagte sie. Sie öffnete die Augen, um ihn anzusehen, aber er wandte den Kopf ab. Einen Augenblick wunderte sie sich darüber, bevor sie schaudernd die Wärme ihrer eigenen Tränen auf ihrer Wange spürte.

Sie brauchte ihn nicht zu fragen, auf welche Heilung er anspielte, denn sein Vorschlag zeigte ihr schon, wie es gemeint war.

Anfang Mai ist nicht viel Betrieb an der Côte d'Azur, und das einzige Restaurant, das geöffnet war, das Hotel und den Strand hatten sie fast für sich. Nach acht Tagen begann Charles wieder zu hoffen. Lucile verbrachte Stunden in der Sonne, Stunden im Wasser, las viel, sprach mit ihm von ihrer Lektüre, futterte Bratfisch, spielte mit einigen Paaren am Strand Karten, schien glücklich zu sein. Zufrieden jedenfalls. Nur trank sie abends viel, und eines Nachts war ihre Liebe sehr heftig gewesen, fast aggressiv, was er nicht an ihr kannte. Er wußte nicht, daß alles, was sie tat, von der Hoffnung ausging, Antoine wiederzusehen. Sie wollte braun werden, um ihm zu gefallen, sie aß, damit er sie nicht ausgemergelt fand, sie las die Bücher, die sein Verlag herausgab, um mit ihm darüber sprechen zu können; sie trank, um zu vergessen und um schlafen zu können. Diese Hoffnung gestand sie sich natürlich nicht ein, sie lebte wie ein Tier, das sich damit abgefunden hat, in zwei Stücke geschnitten zu sein, aber bisweilen, gerade wenn sie sich eine Sekunde gehen ließ, wenn sie sich einmal nicht verzweifelt an die Elemente klammerte, wenn sie festzustellen vergaß, daß die Sonne warm, das Wasser frisch, der Sand weich war, traf sie die Erinnerung an Antoine wie ein Stein, und sie erlitt das mit einer Mischung von Glück und Hoffnungslosigkeit, lag mit ausgebreiteten Armen am Strand, wehrlos mit den quälenden Pfeilen der Erinnerung im Herzen. Sie wunderte sich dann, wenn sie spürte, wie ihr Herz sich umkehrte und in der Erschütterung leerlief, wie es gleichzeitig ausgehöhlt und erschreckend schwer wurde. Was kümmerte sie diese Sonne, dieses Meer und selbst das rein physische Wohlbehagen ihres Körpers, was kümmerte sie Vollkommenheit, wenn Antoine nicht da war, um sie mit ihr zu teilen. Sie hätte mit ihm schwimmen können, sich an seinen blonden, nassen Haaren festhalten, die das Meer noch gebleicht hätte, zwischen zwei Wellen hätte sie ihn küssen können, in den Dünen, ein paar Schritte hinter den unbewohnten Hütten, ihn lieben können, sie hätte abends reglos mit ihm sitzen können und zuschauen, wie die Schwalben über den roten Dächern niedergingen. Dann wäre die Zeit nicht nur etwas gewesen, das man totschlagen mußte, dann müßte man sie hegen, innig lieben, sie daran hindern zu vergehen. Wenn sie es nicht mehr aushielt, stand sie zerstreut auf und wandte sich zur Bar, ganz am Ende, wo Charles sie von seinem Liegestuhl aus nicht sehen konnte. Unter dem leicht sarkastischen Blick des Mixers leerte sie hastig ein, zwei Cocktails. Er hielt sie für eine verschämte Alkoholikerin, das war ihr völlig egal, und außerdem würde sie es schließlich zweifellos werden. Sie kehrte an den Strand zurück, streckte sich zu Charles' Füßen aus, schloß die Augen, die Sonne wurde weiß, sie unterschied nicht mehr die Wärme auf ihrer Haut von der Wärme des Alkohols, der darunter hinströmte; sie sah unter geschlossenen Lidern nur noch einen sanften, verschwommenen Antoine, der sie nicht mehr quälen konnte. Sie fand ein paar Stunden zu sich selbst zurück, animalisch, fast pflanzenhaft, und konnte ein bißchen aufatmen. Charles sah glücklich aus, das war schon viel wert, und wenn sie ihn auf sich zukommen sah mit seiner Flanellhose, seinem sorgsam in den Hemdkragen gelegten Schal, seinem dunkelblauen Blazer, seinen Mokassins, wies sie energisch den Gedanken an Antoine von sich, sein über der Brust geöffnetes Hemd, seine schmalen Hüften, seine langen Beine in einer alten Leinenhose, barfuß, die Haare in den Augen. Sie hatte viele junge Männer gekannt, und sicher war es nicht die Jugend, die sie an ihm liebte. Auch alt würde sie ihn lieben. Aber sie liebte ihn jetzt in seiner Jugend, wie sie ihn liebte, weil er blond war, wie sie ihn liebte, weil er puritanisch war, wie sie ihn liebte, weil er sinnlich war, wie sie ihn liebte, weil er sie geliebt hatte, wie sie ihn liebte, weil er sie zweifellos jetzt nicht mehr liebte. So war das. Ihre Liebe war da, stand wie eine Mauer zwischen ihr und der Sonne und der Unbeschwertheit, ja der Freude am Leben. Und darüber schämte sie sich wirklich. Das Glück war ihre einzige Moral, und das Unglück, das selbstverschuldete, schien ihr unentschuldbar (was ihr übrigens ihr Leben lang bei den anderen Mitgliedern der Gesellschaft Unverständnis, ja sogar ständigen Vorwurf eingebracht hatte).

»Jetzt bezahle ich«, dachte sie voll Abscheu. Dieser Abscheu war um so tiefer, als sie nicht an Schulden glaubte, und sich von den bestehenden moralischen und sozialen Tabus gequält fühlte, und die Hauptsorge der anderen, sich das Leben zu verpfuschen, die sie tausendmal konstatiert hatte, stieß sie immer ein bißchen ab wie eine häßliche Krankheit. Sie hatte diese Krankheit bekommen, sie litt, und sie litt, ohne irgendein Gefallen daran zu finden; das ist wohl eine der unangenehmsten Arten des Leidens.

Charles mußte nach Paris zurück. Sie begleitete ihn zum Bahnhof, versprach ihm, vernünftig zu sein, war zärtlich. Er wollte in sechs Tagen wiederkommen, wollte sie jeden Abend anrufen. Er tat es. Aber am fünften Tag gegen vier Uhr, als sie zerstreut den Hörer abnahm, vernahm sie Antoines Stimme. Seit vierzehn Tagen hatte sie ihn nicht gesehen.

XV

Als Antoine das *Pré-Catelan* verließ, war er zu Fuß durch den Bois de Boulogne gelaufen und hatte wie ein Irrer mit sich selbst geredet. Dianes Chauffeur war ihm nachgelaufen und hatte ihm seine Dienste angeboten, aber zu seiner großen Verblüffung hatte ihm Antoine fünftausend Francs in die Hand gedrückt und gemurmelt: »Da, für die ganze Zeit ist das nicht üppig, aber ich habe nicht mehr bei mir.« Und Antoines Wunsch, mit Diane Schluß zu machen, war so brennend, daß er sich zweifellos einbildete, jeder müsse davon erfahren. Er war mit großen Schritten die Avenue de la Grande-Armée hinaufgeeilt, hatte einer geschäftigen Prostituierten erklärt, daß er genügend Frauen von ihrer Sorte kenne, und war dann umgekehrt, um sich bei ihr zu entschuldigen. Sie war verschwunden, hatte sich wahrscheinlich trösten lassen, und er verbrachte eine halbe Stunde mit vergeblicher Suche. Auf den Champs-Elysées war er in einer Bar eingekehrt, hatte versucht, sich zu betrinken, und hatte sich mit einem anderen Betrunkenen wegen einer undurchsichtigen politischen Angelegenheit gebalgt, aber eigentlich nur, weil der arme Teufel hartnäckig die Juke-Box mit Beschlag belegte und er seinerseits entschlossen war, zwanzigmal die Platte aufzulegen, die er mit Lucile gehört, gesummt und getanzt hatte. Oh, bin ich unglücklich, dachte er, aber ich will es auch sein. Als er seinen Boxkampf gewonnen hatte, legte er zur allgemeinen Bestürzung die Platte achtmal auf, dann mußte er dem Mixer seinen Ausweis geben, weil er überhaupt kein Geld mehr hatte. Um drei Uhr früh kam er erschöpft und von der Morgenluft ernüchtert heim. Kurzum, er spielte den jungen Mann. Das Unglück verleiht manchmal in demselben Maße Kraft, Heftigkeit und Schwung wie die Euphorie.

Vor seiner Haustür saß Diane in ihrem Wagen. Er erkannte den Rolls-Royce von weitem, hätte beinahe eine

Kehrtwendung gemacht. Dann fiel ihm der Chauffeur ein, der todmüde darauf warten mußte, daß Madames kleiner Freund heimkehren möge, und er entschied sich anders. Er öffnete die Wagentür, und Diane stieg wortlos aus. Sie hatte sich im Wagen frisch geschminkt, und im Morgengrauen erschien zwar ihr Mund zu rot, aber ihre gepflegt gleichmütigen Züge sahen ungewohnt jugendlich aus, verwirrt und verirrt. Sie selbst fand, daß es eine Verirrung sei, ihren Geliebten im Morgengrauen zu überfallen ebenso falsch wie vor zwei Jahren, als sie sich in ihn verliebt hatte. Nur wurde dieser Irrtum, der bisher wie eine hartnäckige, aber diskrete Hintergrundmusik im Film ihres Lebens getönt hatte, in diesem Augenblick zu einem Tamtam, grausam und unabstellbar. Sie sah sich aus dem Wagen steigen, sah, wie sie Antoines Hand ergriff, sah, wie sie sich noch einmal zur Natürlichkeit zwang, um für wenige Augenblicke die Rolle der geliebten Frau zu spielen, bevor sie die ihr unbekannte und entsetzliche Rolle der verlassenen Frau übernahm. Und sonderbarerweise hatte sie für ihren Chauffeur (als sie ihn heimschickte) ein vertrauensvolles Lächeln, als wüßte sie, daß er der letzte und kostbare Zeuge ihres Glückes sei.

»Störe ich Sie?« fragte sie.

Antoine schüttelte den Kopf. Er hielt ihr seine Zimmertür auf, trat zurück. Es war das zweite Mal, daß sie hierher kam. Das erste Mal hatten sie sich gerade kennengelernt, und Diane hatte Spaß daran gefunden, die erste Nacht bei diesem linkischen und ziemlich schlecht gekleideten jungen Mann zu verbringen. Dann hatte sie ihm das große Bett in der Rue Cambon, ihren Luxus und ihren Pomp zur Verfügung gestellt, denn schließlich war dieses Zimmer ziemlich erbärmlich und ohne Komfort. Jetzt hätte sie alles auf der Welt hingegeben, um in diesem schiefen Bett zu schlafen und ihre Kleider auf den scheußlichen Stuhl zu legen, den er als Garderobe benutzte. Antoine schloß die Fensterläden, schaltete eine rote Lampe an und strich sich mit der Hand über das Gesicht. Er war schlecht rasiert, er schien innerhalb weniger Stunden noch magerer geworden zu sein, kurzum, der Kummer gab ihm ein vagabundenhaftes Aussehen, wie das einem Mann so leicht geschieht. Sie wußte nicht mehr, was sie ihm sagen wollte. Seit seinem überstürzten Aufbruch hatte sie sich unaufhörlich denselben Satz wiederholt: »Er schuldet mir eine Erklärung.« Aber was schuldete er ihr eigentlich, was konnte man überhaupt irgend jemandem schulden? Sie setzte sich ganz gerade auf das Bett, sie war in Versuchung, sich darauf auszustrecken und zu sagen: »Antoine, ich hatte nur das Bedürfnis, Sie zu sehen, ich war beunruhigt, jetzt bin ich müde, wir wollen schlafen.« Aber Antoine stand mitten im Zimmer, wartete, und aus seiner ganzen Haltung war zu erkennen, daß er die Situation klären wollte, das heißt, mit ihr brechen und ihr damit entsetzlich weh tun.

»Ihr Aufbruch kam ein bißchen rasch«, sagte sie.

»Ich bitte um Entschuldigung.«

Sie sprachen wie zwei Schauspieler, er spürte es, er wartete darauf, daß er die Kraft, den Atem fände, um ihr das Stichwort zu geben – ein schlechtes aber unvermeidbares –, das Stichwort: »zwischen uns ist alles aus«. Er hoffte ein bißchen, daß sie ihm Vorwürfe machen würde, daß sie von Lucile spräche und daß ihm der Zorn die Kraft gäbe, brutal zu sein. Aber sie sah sanft, ergeben, fast furchtsam aus, und in einem Augenblick des Schreckens sagte er sich, daß er sie nicht kannte und auch nie etwas dafür getan hatte. Vielleicht hing sie ganz anders an ihn, als er bisher glaubte, das heißt, wie an einem tüchtigen Liebhaber mit einem undurchschaubaren Wesen. Er dachte, allein die Befriedigung ihrer Sinne sei der Hauptgrund für ihre Anhänglichkeit gewesen, und ihre verletzte Eitelkeit (weil sie ihn nicht hatte unterwerfen können wie ihre anderen Männer). Aber wenn da noch etwas anderes war? Wenn Diane plötzlich weinte? Nein, daran war nicht zu denken. Die Legende von Dianes Unverwundbarkeit und ihrer Ungeniertheit war zu sehr in Paris verankert, und er hatte zuviel davon gehört. In diesem Augenblick versäumte sie es, einander kennenzulernen. Dann öffnete Diane ihre Tasche, zog ihre goldene Puderdose heraus und puderte sich. Es war die Geste einer fassungslosen Frau, und er nahm sie für die Geste einer Nüchternen. »Außerdem liebt Lucile mich nicht, also kann mich niemand lieben«, dachte er abschließend mit der masochistischen Verstocktheit, die sich aus dem Unglück ergibt, und zündete sich eine Zigarette an.

Er warf sein Streichholz mit erregter, ungeduldiger Bewegung in den Kamin, die sie dem Verdruß zuschrieb, und ihr Zorn erwachte. Sie vergaß Antoine, ihre Leidenschaft für ihn, sie dachte nur noch an sich, Diane Mirbec, und die Art und Weise wie ein Mann, ihr Geliebter, sie ohne ersichtlichen Grund mitten in einer Gesellschaft vor allen ihren Freunden verlassen hatte. Auch sie griff mit zitternder Hand nach einer Zigarette, und er gab ihr Feuer. Der Rauch schmeckte bitter, unangenehm, sie hatte zuviel geraucht, und plötzlich merkte sie, daß der verworrene, vielstimmige Lärm, der sie seit einer Weile quälte, ohne daß sie ihn zu deuten vermochte, einfach von den Vögeln auf der Straße kam. Sie erwachten mit dem Tag, und närrisch vor Freude begrüßten sie die ersten Sonnenstrahlen über der Stadt. Sie blickte Antoine an:

»Darf ich die Gründe dieser Flucht erfahren? Oder geht mich das nichts an?«

»Sie können sie erfahren«, sagte Antoine (auch er blickte ihr ins Gesicht, und eine leichte Grimasse, die sie nicht an ihm kannte, entstellte seinen Mund). »Ich bin in Lucile verliebt... Lucile Saint-Léger«, fügte er einfältig hinzu, als sei eine Verwechslung möglich gewesen.

Diane schlug die Augen nieder. Ihre Abendtasche war oben abgestoßen, sie brauchte eine neue. Verbissen betrachtete sie die abgenutzte Stelle, sie sah nur sie, versuchte sich daran festzubeißen: »Wo ist mir das passiert?« Sie wartete, sie wartete darauf, daß ihr Herz in Stücke ginge, daß der Tag zersplittern möge, daß irgend etwas, ein Telefonklingeln, eine Atombombe, ein Geheul auf der Straße ihren eigenen stummen Schrei übertönte. Aber nichts geschah, und draußen schrillten weiter die Vögel, und das war widerwärtig, diese Raserei, dieser Tumult.

»So, so«, sagte sie... »Das hätten Sie mir eigentlich früher sagen können.«

»Ich wußte es nicht«, sagte Antoine. »Ich war nicht sicher. Ich hielt mich nur für eifersüchtig. Aber sehen

Sie, sie liebt mich nicht, jetzt weiß ich es und bin ernsthaft unglücklich...«

Er hätte fortfahren können. Eigentlich war es das erstemal, daß er mit jemandem über Lucile sprach, er empfand darüber eine schmerzhafte Freude, und ohne es zu merken, vergaß er, typisch männlich, daß er mit Diane sprach. Übrigens hatte sie nur ein Wort begriffen, »eifersüchtig«.

»Warum eifersüchtig? Man ist nur auf das eifersüchtig, was man hat, das haben Sie mir zehnmal gesagt. Sind Sie ihr Geliebter gewesen?«

Er antwortete nicht. Ein Zorn stieg in Diane auf und befreite sie.

»Sie sind eifersüchtig auf Blassans-Lignières? Oder hat die Kleine noch ein oder zwei Geliebte außerdem? Jedenfalls, mein lieber Antoine, es würde Ihnen schwerfallen, sie allein zu unterhalten, wenn Sie das trösten kann.«

»Darum geht es nicht«, sagte Antoine trocken.

Plötzlich haßte er Diane, weil sie so über Lucile urteilte wie er selbst vier Stunden zuvor. Sie sollte sie nicht verachten. Er hatte ihr die Wahrheit gestanden, sie sollte jetzt gehen und ihn allein lassen mit der Erinnerung an die Lucile im *Pré-Catelan*, die Augen voller Tränen. Hatte sie nur geweint, weil er ihr an den Handgelenken weh tat, oder weil sie an ihm hing?

»Wo treffen Sie sich mit ihr?« sagte Dianes Stimme in weiter Ferne. »Hier?«

»Ja«, sagte er. »Nachmittags.«

Und Luciles Ausdruck der Liebe tauchte vor ihm auf, ihr Körper, ihre Stimme, alles, was er durch seine Dummheit, seine Verbohrtheit verloren hatte, und er hätte sich prügeln mögen. Nie wieder kämen Luciles Schritte die Treppe herauf, nie wieder gäbe es prächtige, glühende Nachmittage, nie wieder Rot und Schwarz, überhaupt nichts. Er wandte Diane ein so wehmütiges, so leidenschaftliches Gesicht zu, daß sie zurückwich.

»Ich dachte nicht, daß Sie mich liebten«, sagte sie, »aber ich erwartete von Ihnen eine gewisse Achtung für mich. Ich fürchte...«

Er warf ihr einen verständnislosen Blick zu, und in diesem Blick erkannte sie seine unwandelbare männliche Welt, eine Welt, in der der Mann seine Geliebte nicht achten kann, wenn er sie nicht liebt. Zweifellos hatte ihre Liebe ihm geschmeichelt, zweifellos hatte er sogar eine gewisse Achtung für sie, aber instinktiv, tief innen war ihr Verhältnis für ihn der Gipfel der Prostitution. Immerhin hatte sie eingewilligt, zwei Jahre lang mit ihm zu leben, ohne seine Liebe zu verlangen und ohne mit ihm davon zu sprechen. Und in Antoines gelben Augen erriet sie zu spät eine heftige, sentimentale, unumschränkte Kindlichkeit, gierig nach Liebesworten, Szenen und Liebesklagen.

Das Schweigen, die Vornehmheit waren für junge Menschen keine Beweise. Wenn sie sich jedoch flehend auf diesem Bett gewälzt hätte, wie sie es gern getan hätte, dann wäre er fassungslos und ein bißchen angewidert gewesen.

Er war ihre Persönlichkeit gewohnt, das Profil, das sie ihm hartnäckig seit zwei Jahren vorhielt, er hätte kein anderes gewollt. Ihre würdevolle Haltung kam sie entschieden teuer zu stehen. Doch diesem Stolz, der sie in der Morgendämmerung auf dem Bett aufrecht hielt, diesen Stolz, mit ihrer mondänen Persönlichkeit so verwachsen, daß sie ihn fast vergessen hatte, entdeckte sie jetzt als ihren nächsten Verbündeten, vertraut und kostbar. Wie ein geborener Reiter plötzlich entdeckt, daß er es seiner dreißigjährigen Reitkunst verdankt, gewandt um einem Autobus herumgekommen zu sein, sah Diane erstaunt, wie ihr Stolz, dieses unerkannte, zumindest kaum genutzte Erbe, sie vor dem Schlimmsten bewahrte: nämlich aus Enttäuschung über Antoine so zu handeln, daß sie sich selbst nicht mehr ertragen könnte.

»Warum sagen Sie mir das heute?« fragte sie ruhig. »Sie hätten das lange fortsetzen können. Ich vermutete nichts Schlimmes. Oder vielmehr glaubte ich es nicht mehr.«

»Ich glaube, ich bin zu unglücklich, um zu lügen«, sagte Antoine.

Und betreten stellte er fest, daß sie recht hatte, daß er Diane die ganze Nacht hätte belügen können, sie trösten, sie überzeugen, wenn er nur sicher gewesen wäre, morgen mit Lucile zusammenzutreffen, sicher, daß sie ihn liebte. Das Glück erlaubte alles, und im Augenblick verstand er Lucile, ihre Leichtfertigkeit, und daß sie imstande war, sich zu verstellen, obwohl er ihr das in den letzten Wochen so heftig vorgeworfen hatte. Aber es war zu spät, zu spät, er hatte sie tödlich beleidigt, sie wollte nichts mehr von ihm wissen. Aber was wollte denn diese andere Frau bei ihm? Sie begriff seinen Gedanken und schlug blindlings zu:

»Und Ihre liebe Sarah, was wird aus ihr bei der ganzen Geschichte?« fragte Diane sanft. »Ist sie nun endgültig tot?«

Er gab keine Antwort. Er sah sie jetzt wütend an, aber das war ihr tausendmal lieber als der freundschaftliche, abwesende Blick, den er vorher für sie hatte. Sie steuerte geradewegs auf das Schlimmste zu, auf die Verständnislosigkeit, die Gehässigkeit, das Unverzeihliche, und sie war darüber fast erleichtert.

»Ich glaube, Sie sollten besser gehen«, sagte er endlich. »Ich möchte nicht, daß wir uns im Bösen trennen. Sie sind immer sehr gut zu mir gewesen.«

»Ich bin nie gut zu jemandem gewesen«, sagte Diane, während sie sich erhob. »Ich fand Sie unter gewissen Umständen recht angenehm, weiter nichts.«

Sie stand aufrecht vor ihm, sie blickte ihn an, und er konnte nicht wissen, daß nur eine Erinnerung, ein Bedauern über sein eigenes Gesicht hätte zu huschen brauchen, damit sie sich hätte gehen lassen und bei ihm geweint hätte. Aber er bedauerte sie nicht, und sie beschränkte sich darauf, ihm die Hand zu reichen und zu sehen, wie er sich mechanisch über diese Hand beugte; und der wahnsinnige Schmerz, als sie zum letzten Male den blonden Nacken Antoines über ihre Hand geneigt sah, war aus ihrem Gesicht verschwunden, als er den Kopf hob. Sie murmelte: »Auf Wiedersehen«, stieß sich an der Tür und trat auf die Treppe. Er wohnte im dritten Stock, aber erst im ersten lehnte sie ihr berühmtes Gesicht und ihre schönen Hände, beides hinfort zu nichts mehr nütze, an die feuchte, schmutzige Wand des Treppenabsatzes.

XVI

Antoine verbrachte vierzehn Tage ganz allein. Er ging viel zu Fuß, sprach mit niemandem ein Wort, und wenn er einem Bekannten aus Dianes Freundeskreis begegnete, wunderte er sich nicht einmal, daß man ihn derartig übersah. Er kannte die Spielregeln: in dieses Milieu, das nicht das seine war, hatte Diane ihn eingeführt, und automatisch stieß es ihn aus, als er sie verließ. Das war Gesetz und mehr als die eilige Verbindlichkeit, die ihm Claire eines Abends bezeugte, als er ihr begegnete, schien ihm gar nicht möglich zu sein. Trotzdem teilte sie ihm mit, Lucile und Charles seien in Saint-Tropez, und schien nicht einmal erstaunt, daß Antoine es nicht wußte. Wahrscheinlich stand fest, daß er mit dem Verzicht auf eine Frau die andere für alle Zeiten verloren hatte. Bei diesem Gedanken mußte er ein bißchen lachen, obwohl er zur Zeit sehr wenig Lust zum Lachen hatte. Ein Satz von Apollinaire ließ ihn nicht los: »Ich irre durch mein schönes Paris, habe nicht den Mut, darin zu sterben. Herden brüllender Autobusse...« Wie es weiterging, wußte er nicht mehr, und er bemühte sich auch nicht darum. Allerdings war Paris für ihn von herzzerreißender Schönheit, blau, blond, entkräftet, und allerdings hatte er ebenso wenig den Mut, darin zu sterben, wie darin zu leben. Oh, gewiß, alles stand zum besten. Lucile war an den Gestaden des Mittelmeeres, das sie so zu lieben behauptete, und sie würde dort glücklich werden, denn dazu war sie geschaffen, und vielleicht würde sie Charles mit einem schönen Einheimischen betrügen. Diane zeigte sich mit einem jungen kubanischen Diplomaten, er hatte in einer Zeitung ein reizendes Photo des Paares auf einer Ballettpremiere gesehen. Er selbst las, trank nicht und verzehrte sich manchmal nachts im Bett vor Schmerz beim Gedanken an Lucile. Das alles erschien ihm eher verhängnisvoll, er hoffte nicht mehr, sein Gedächtnis lieferte ihm dazu keinen Grund. Nur die Erinnerung an Luciles Lust und an seine eigne waren geblieben, Erinnerungen, die nicht beruhigten, sondern quälten, denn nie ist man ganz sicher, wie intensiv die Lust des anderen ist, noch – und das vor allem – ob er sie mit anderen ebenso oder sogar noch intensiver erleben kann. Er wußte zwar, daß Lucile für ihn in der Wollust unersetzlich war, doch er konnte sich nicht vorstellen, es auch für sie zu sein. Manchmal stieg ihr Gesicht vor ihm auf, gequält wie an dem Tage, da er so spät gekommen war, und er erinnerte sich ihrer Worte: »Weißt du, ich glaube, ich liebe dich ernstlich.« Aber dann dachte er, daß er da an seinem Glück vorbeigegangen sei, daß er sich ein bißchen mehr Luciles Geist hätte widmen müssen als ihrem Körper und daß er sie physisch zwar besessen, menschlich aber gar nicht verstanden hatte. Gewiß, sie hatten zusammen gelacht, und das Lachen war der Liebe eigen, aber das genügte nicht. Um zu begreifen, brauchte er sich nur das seltsame Sehnen in Erinnerung zu rufen, das ihn mitten im Zorn gepackt hatte, als er im *Pré-Catelan* Tränen in Luciles Augen entdeckte. Zur wirklichen Liebe gehörte nicht nur, daß Mann und Frau die Lust und das Lachen gemeinsam hatten, sie mußten einander auch gequält haben. Lucile würde wohl das Gegenteil behaupten, vielmehr sie würde jetzt nichts mehr behaupten, denn sie war fort. Und hart brach er den Dialog ab, die Erklärungen, auf die er sich im Geiste zwanzigmal am Tag mit ihr einließ, stand brüsk von seinem Platz auf oder blieb plötzlich irgendwo stehen. Er wurde nicht damit fertig.

Am vierzehnten Tag begegnete er Johnny, der Ferien machte: er schlenderte durch das Café *Flore* und schien über das Wiedersehen entzückt zu sein. Sie setzten sich zusammen, bestellten Whisky, und Antoine amüsierte sich, wie stolz Johnny die Grüße seiner Freunde erwiderte. Er wußte ebenso gut, daß er schön war, wie daß er blond war, ohne daß es ihn kümmerte.

»Was macht denn Lucile?« fragte Johnny nach einer Weile.

»Ich habe keine Ahnung.«

Johnny lachte.

»Wußte ich's doch. Es war richtig, daß Sie Schluß gemacht haben. Sie ist ein charmantes Geschöpf, aber gefährlich. Wahrscheinlich endet sie im Trunk, von Charles gewiegt.«

»Wieso?«

Antoine überwachte seine Stimme, er paßte auf, daß sie gleichgültig klang.

»Sie hat angefangen. Ein Freund von mir hat sie über den Strand torkeln sehen. Aber das dürfte Sie nicht wundern.«

Beim Anblick von Antoines Gesicht lachte er wieder.

»Nanu, Sie werden doch bemerkt haben, daß sie sterblich in Sie verliebt war, das sah man doch auf zwanzig Schritt, ohne sie zu kennen. Was haben Sie nur?«

Antoine lachte, er konnte sich überhaupt nicht wieder fassen, er war von Sinnen vor Glück, er war von Sinnen vor Beschämung, er war zu dumm, er war zu dumm gewesen. Selbstverständlich liebte sie ihn, selbstverständlich dachte sie an ihn, wie hatte er glauben können, daß sie zwei Monate lang so glücklich miteinander hätten sein können, ohne daß sie ihn liebte, wie hatte er so pessimistisch, so egoistisch, so gewissenlos sein können? Sie liebte ihn, sie sehnte sich nach ihm, deshalb trank sie heimlich. Vielleicht glaubte sie, daß er sie vergessen hatte, während er doch seit vierzehn Tagen an nichts weiter dachte als an sie, vielleicht war sie unglücklich wegen seiner, Antoines Stockdummheit. Er wollte sie sofort aufsuchen, ihr alles erklären, er würde alles tun, was sie wollte, und er würde sie in die Arme nehmen, sie um Verzeihung bitten, sie würden sich stundenlang küssen. Wo war Saint-Tropez?

Er war von seinem Stuhl aufgestanden.

»Aber hören Sie«, sagte Johnny, »beruhigen Sie sich doch. Sie sehen wie ein Tobsüchtiger aus, lieber Freund.«

»Entschuldigen Sie«, sagte Antoine, »ich muß telefonieren.«

Er eilte heim, stritt sich mit einer Telefonistin, die zu erklären versäumte, wie der Selbstwähldienst im Var funktionierte, rief drei Hotels an, erfuhr schließlich im vierten, daß Mademoiselle Saint-Léger am Strand sei, aber gleich heimkommen müsse, verlangte eine Voranmeldung und setzte sich auf sein Bett mit der Hand am Hörer wie Lanzelot auf dem Schaft seines Schwertes, entschlossen, zwei Stunden, sechs Stunden, das ganze Leben zu warten; er glaubte so glücklich zu sein wie nie.

Um vier läutete das Telefon, und er nahm den Hörer ab:

»Lucile? Hier ist Antoine.«

»Antoine«, wiederholte sie wie träumend.

»Ich muß... ich möchte dich sehen. Kann ich kommen?«

»Ja«, sagte sie, »wann?«

Und obgleich ihre Stimme ruhig war, merkte er an ihren kurzen Sätzen, daß das Häßliche, Grausame von ihr wich, das sie wie ihn vierzehn Tage lang gequält, geschüttelt, gepeinigt hatte. Er sah seine eigene Hand auf dem Bett liegen und wunderte sich, daß sie nicht zitterte.

»Es muß eine Flugverbindung geben«, sagte er. »Ich gehe gleich los. Holst du mich in Nice ab?«

»Ja«, sagte sie. Sie zögerte, dann fügte sie hinzu: »Bist du zu Hause?«

Und er rief dreimal ihren Namen in dem Apparat: »Lucile, Lucile, Lucile...«, bevor er bejahte.

»Beeile dich«, erwiderte sie und legte auf.

Erst jetzt dachte er daran, daß vielleicht Charles bei ihr war und daß er für das Flugzeug nicht genug Geld hatte. Aber er dachte nur beiläufig daran. Er war fähig, einen Passanten auszurauben, Charles umzubringen und eine Boeing zu steuern. Und wirklich hätte er um halb acht, auf den Rat der Stewardeß links von der Maschine Lyon bewundern können, hätte er nur die geringste Lust dazu gehabt.

Als Lucile aufgelegt hatte, klappte sie ihr Buch zu, nahm einen Pullover aus dem Schrank, ergriff die Schlüssel des Wagens, den Charles gemietet hatte, und ging hinunter. Sie sah sich im Spiegel des Hoteleingangs und lächelte sich flüchtig und entschlossen zu wie einem Schwerkranken, den man verloren geglaubt hat und der plötzlich, allem Anschein nach gesund, aus dem Krankenhaus entlassen worden ist. Sie mußte am Steuer sehr gut aufpassen, die Straße war kurvenreich und schlecht. Es durfte nicht passieren, daß ein vorwitziger Hund, ein Sonntagsfahrer, ein materieller Zwischenfall zwischen sie und Antoine geriet, und nur daran dachte sie wie betäubt, ihrer selbst nicht mächtig, bis sie am Flughafen war. Ein Flugzeug aus Paris landete um sechs, und obwohl es absolut unmöglich war, daß Antoine mitkam, wartete sie am Ausgang. Das nächste Flugzeug kam um acht, und sie kaufte einen Kriminalroman, setzte sich an die Bar, versuchte vergeblich zu begreifen, was einem Privatdetektiv widerfuhr, der zwar äußerst geschickt, aber im Augenblick unfähig war, sie zu verführen. Sie kannte den Ausdruck »ein erdrückendes Glück«, hatte aber nie festgestellt, ob es das gab, und war verwundert, sich so geändert, zerschlagen, erschöpft zu fühlen, daß sie sich fragte, ob sie nicht noch vor acht auf ihrem Stuhl ohnmächtig würde oder einschliefe. Sie rief den Kellner und teilte ihm mit, daß sie jemandem mit der Acht-Uhr-Maschine erwarte, was diesen Mann übrigens nur mäßig zu interessieren schien. Aber immerhin könnte er, sollte ihr etwas zustoßen, Antoine benachrichtigen. Sie war sich nicht ganz klar wie, aber sie wollte jede nur mögliche Vorsichtsmaßregel ergreifen, um diese neue, bestürzende, zerbrechliche Persönlichkeit, diese endlich glückliche Persönlichkeit, die sie geworden war, zu schützen. Sie wechselte sogar den Tisch, denn sie konnte die große Uhr an der Bar schlecht sehen, und außerdem glaubte sie von ihrem Platz aus die Lautsprecher nicht zu hören. Als sie alle schwarzen Zeichen, die die Seiten ihres Buches enthielten, gewissenhaft angesehen hatte, war es erst sieben, eine in Tränen aufgelöste Frau küßte den verletzten, aber siegreichen Detektiv im Krankenhaus von Miami, und ihr eigenes Herz tat ihr weh.

Eine Stunde, zwei Monate, dreißig Jahre vergingen, bevor Antoine hinten in der Halle erschien, als erster, denn er hatte kein Gepäck. Und während er mit wenigen Schritten auf sie zukam, dachte sie nur, daß er mager sei, sehr blaß, schlecht angezogen, daß sie ihn kaum kannte, sie dachte das im selben Augenblick und genau so sachlich wie, daß sie ihn liebte. Er kam verlegen auf sie zu, sie drückten sich die Hand, ohne einander richtig anzusehen, und zögerten einen Augenblick, bevor sie sich zum Ausgang wandten. Er murmelte, sie sei braun geworden, sie äußerte laut, sie hoffe, daß er eine gute Reise gehabt habe. Dann stiegen sie ins Auto, Antoine setzte sich ans Steuer, und sie zeigte ihm den Anlasser. Die Nacht war warm, der Duft des Meeres vermischte sich mit dem Benzingeruch, und die Palmen im Flughafen erschauerten leicht unter dem Wind. Ein paar Kilometer fuhren sie dahin, ohne viel zu sagen, ohne überhaupt zu wissen, wohin sie fuhren, dann hielt Antoine am Straßenrand und drückte sie an sich. Er küßte sie nicht, er hielt sie nur in den Armen, ihre Wange lag an der seinen, und sie hätte vor Erleichterung weinen mögen. Dann sprach er ganz sanft, ganz leise, wie mit einem Kind:

»Wo ist Charles? Wir müssen es ihm jetzt sagen.«

»Ja«, sagte sie. »Er ist in Paris.«

»Wir fahren heute abend mit der Bahn. Gibt es einen Nachtzug? Wir könnten in Cannes einsteigen.«

Sie willigte ein, sie wich etwas zurück, um ihn zu betrachten, sah endlich seine Augen, die Form seines Mundes, und er neigte sich über sie, um sie zu küssen. In Cannes war noch ein Schlafwagenabteil frei. Die ganze Nacht hörten sie das Heulen des Zuges, Lichtblitze trafen ihre beiden Gesichter, und zuweilen, auf einem Bahnsteig ausruhend, wo sie regelmäßig das Klappern der Eisenstangen vernahmen, wenn ein Eisenbahner den Zustand der Räder prüfte, meinten sie, er wache über ihre Fahrt nach Paris, über ihr Geschick. In ihrer Lust schien sich auch die Geschwindigkeit des Zuges zu erhöhen, es war, als werde er toll, und das infernalische Stöhnen, das er bisweilen über die schlummernde Landschaft schickte, schien aus ihnen selbst zu dringen.

»Ich wußte es«, sagte Charles.

Er wandte ihr den Rücken zu, legte die Stirn ans Fenster. Sie saß auf dem Bett, sie schwankte vor Müdigkeit, und hatte noch immer das Dröhnen des Zuges in den Ohren. Als sie in der Frühe auf der Gare de Lyon angekommen waren, hatte es geregnet. Und dann hatte sie Charles aus seiner Wohnung – aus ihrer beider Wohnung – angerufen und hatte ihn dort erwartet. Er war sehr schnell gekommen, und sie hatte ihm sofort gesagt, daß sie Antoine liebe und daß sie ihn verlassen müsse.

Jetzt tat er, als blicke er zum Fenster hinaus, und sie wunderte sich, daß sein Rücken so ungebeugt war und sie gar nicht erschütterte, während Antoines Nacken mit seinem ungefügigen Haar sie so sehr rührte. Es gibt Menschen, bei denen man nie darauf kommt, daß sie einmal Kinder waren.

»Ich dachte, das würde ohne Folgen bleiben«, sagte er noch. »Sehen Sie, ich hoffe...«

Er brach hart ab und wandte sich zu ihr.

»Sie müssen begreifen, daß ich Sie liebe. Glauben Sie nicht, daß ich mich trösten werde oder Sie vergessen oder Sie ersetzen. Aus dem Alter bin ich heraus.«

Er lächelte schwach.

»Sehen Sie, Lucile, Sie werden wiederkommen: Ich liebe Sie um Ihretwillen. Antoine liebt in Ihnen das, was Sie beide zusammen sind. Er will glücklich mit Ihnen sein, das entspricht seinem Alter. Ich dagegen will, daß Sie glücklich sind, unabhängig von mir. Ich brauche nur zu warten.«

Sie wehrte ab, aber er hob rasch die Hand:

»Außerdem wird er Ihnen vorwerfen, oder hat Ihnen schon vorgeworfen, wie Sie sind: genießerisch, sorglos und ziemlich feige. Er wird gewaltsam ändern wollen, was er Ihre Schwächen und Ihre Fehler nennt. Was die Stärke einer Frau ausmacht, begreift er noch nicht, den Grund, warum die Männer sie lieben, selbst wenn sich darunter das Schlimmste verbirgt. Mit Ihnen wird er es lernen. Er wird lernen, daß Sie vergnügt sind, unterhaltsam und reizend, weil Sie alle diese Fehler haben. Aber es wird zu spät sein, glaube ich. Und Sie werden zu mir zurückkehren. Weil Sie wissen, was ich weiß.«

Er lachte leise auf:

»So lange Reden sind Sie von mir nicht gewöhnt,

nicht wahr? Richten Sie ihm nun von mir aus, wenn er Ihnen etwas antut, wenn er Sie mir nicht in einem Monat oder in drei Jahren so unversehrt und glücklich wiedergibt, wie Sie jetzt sind, dann werde ich ihn einfach erschlagen.«

Er sprach fast zornig, und sie blickte ihn verwundert an. Er wirkte stark, beinahe leidenschaftlich, wie sie ihn nicht kannte.

»Ich suche Sie nicht zu halten, das wäre sinnlos, nicht wahr. Aber denken Sie daran, ich erwarte Sie. Wann es auch sei. Und wenn Sie je einen Wunsch haben, gleichgültig in welcher Hinsicht, ich erfülle ihn. Gehen Sie sofort?«

Sie nickte.

»Nehmen Sie alles mit, was Ihnen gehört« (und da sie entschlossen den Kopf schüttelte): »Wie Sie wollen, aber ich mag nicht sehen, wie Ihre Mäntel in Ihren Schränken herumhängen und wie Ihr Wagen in der Garage steht. Ihre Abwesenheit kann immerhin lange dauern...« fügte er mit leisem Lächeln hinzu.

Erstarrt sah sie ihn an. Sie hatte gewußt, daß es ihr so sein würde: schrecklich, und daß er so sein würde: vollkommen. Alles vollzog sich, wie sie es schon seit langem wußte, und in ihre Verzweiflung darüber, daß sie ihn quälte, mischte sich ein unbewußter Stolz, von ihm geliebt zu werden. Nein, es war nicht möglich, sie konnte ihn nicht in dieser riesigen Wohnung so allein lassen. Sie stand auf.

»Charles«, sagte sie, »ich...«

»Nein«, sagte er. »Sie haben lange genug gewartet. Gehen Sie jetzt.«

Ein paar Sekunden stand er ihr reglos gegenüber, fast verträumt aussehend, so intensiv blickte er sie an. Dann beugte er sich rasch vor, strich ihr übers Haar und drehte sich weg:

»Gehen Sie jetzt. Ich lasse Ihre Koffer nachher in die Rue de Poitiere bringen.«

Sie wunderte sich nicht, daß er Antoines Adresse kannte. Ihr graute derartig vor sich selbst, nun diesen leicht gebeugten Rücken zu sehen, dieses graue Haar, und ihr war, als sehe sie ihr Werk. Sie murmelte: »Charles...« und wußte nicht, ob sie »danke« hatte sagen wollen oder »Verzeihung« oder irgend so etwas Rohes, denn er wehrte hastig mit der Hand ab, ohne sich umzuwenden, um ihr zu bedeuten, daß er nicht viel mehr ertragen würde, und sie verließ das Zimmer. Auf der Treppe merkte sie, daß sie weinte, und schluchzend trat sie in die Küche und sank an Paulines Schulter. Pauline versicherte ihr, daß die Männer anstrengend seien, aber man dürfe ihretwegen nicht weinen. Antoine wartete draußen in einem Café in der Sonne.

ZWEITER TEIL

Sommer

XVII

Sie fühlte, daß sie eine wundersame, seltsame Krankheit in sich trug, und wußte, daß es das Glück war, zögerte aber, es so zu nennen. Eigentlich fand sie es ungewöhnlich, daß zwei intelligente, kräftige, kritische Geschöpfe derartig außer Atem geraten, derartig eng miteinander vereint sein konnten, daß sie sich nichts anderes zu sagen hatten als »ich liebe dich«, mit einem verborgenen Schluchzen in der Stimme, denn weiter gab es nichts hinzuzufügen. Nein, es gab wirklich nichts hinzuzufügen, und nichts sonst war zu erhoffen, als daß sie endlich erreicht hatten, was man Erfüllung nennt, aber sie fragte sich, wie sie später einmal die Erinnerung an diese Erfüllung überleben sollte. Sie war glücklich, sie hatte Angst.

Sie erzählten einander alles: ihre Kindheit, ihre Vergangenheit, und vor allem kamen sie unermüdlich wieder auf die vergangenen Monate, sie kamen immer wieder, wie alle Verliebten, auf ihre ersten Begegnungen, auf die kleinsten Einzelheiten ihrer Liaison. Sie fragten sich mit der typischen (echten und ein bißchen dummen) Verblüffung, wie es möglich war, daß sie so lange an ihren eigenen Gefühlen gezweifelt hatten. Aber wenn sie beunruhigt und befremdet in ihrer gemeinsamen Vergangenheit wühlten, träumten sie nicht von einer gemeinsamen Zukunft, die ruhig und dauerhaft hätte sein können. Noch mehr als Antoine hatte Lucile Angst vor jedem Plan, vor dem einfachen Leben. Unterdessen sahen sie wie fasziniert dem Verlauf der Gegenwart zu, sie sahen den Tag anbrechen, der sie, nie aneinander gesättigt, in demselben Bett vorfand, und sahen den Abend herabsinken, an dem sie durch ein warmes, zärtliches, unvergleichliches Paris wanderten. Und es gab Augenblicke, da sie so glücklich waren, daß ihnen schien, als liebten sie sich nicht mehr.

Dann brauchte Antoine sich nur eine Stunde zu verspäten, daß Lucile, die ihn so ruhig hatte fortgehen sehen – so gleichgültig, daß sie schon zweifelte, ob dieses kranke, jammervolle, stumme Geschöpf in Saint-Tropez wirklich sie selbst gewesen war –, daß also Lucile zu zittern begann, sich Antoines Leiche unter einem Autobus vorstellte, und daß sie schließlich anfange, seine Gegenwart in Gedanken »Glück« zu nennen, da seine Abwesenheit die Verzweiflung war. Und es genügte, daß Lucile zufällig einem anderen Mann zulächelte, damit Antoine (den der ständige sinnliche körperliche Besitz – solange er nicht davon abließ – doch vollkommen sicher machte) erbleichend und mit einem Schlage einsah, wie unwirklich dieses zerbrechliche, provisorische Glück sein müsse, für das sie nicht bezahlt hatten. Etwas Unruhiges, Heftiges war zwischen ihnen, selbst in den süßesten Augenblicken, und wenn sie zuweilen unter dieser Unruhe litten, wußten sie doch insgeheim, daß ihr Verschwinden bei dem einen wie bei dem anderen zugleich das Verschwinden ihrer Liebe bedeuten würde. Ein großer Teil ihrer Beziehung wurde nämlich von zwei fast gleichen Erschütterungen ihrer Gefühle bestimmt: für sie war es Antoines Verspätung an dem bewußten Nachmittag, und für ihn Luciles Weigerung, am Tage von Charles Rückkehr zu ihm zu kommen. Und Lucile – deren Bescheidenheit wie bei vielen sorglosen Menschen ebenso groß war wie ihr Egoismus – dachte insgeheim, daß Antoine eines Tages nicht wiederkehren würde, wie Antoine seinerseits insgeheim dachte, daß sie ihn eines Abends betrügen würde. Diese beiden Wunden, die das Glück hätte heilen können, hielten sie fast bewußt offen, so wie es dem Überlebenden eines schweren Unfalls nach sechsmonatigem Krankenlager in den Sinn kommt, den letzten Schorf mit dem Fingernagel abzukratzen, um den vergleichweisc tadellosen Zustand seines Körpers deutlicher zu empfinden. Sie brauchten beide eine solche Wunde: er, weil er dazu neigte, sie weil ihr dieses gemeinsame Glück zu fremd war.

Antoine pflegte morgens früh zu erwachen, und vor seinem Bewußtsein verspürte sein Körper Luciles Gegenwart im Bett, er begehrte sie, bevor er überhaupt die Augen aufschlug. Er glitt noch im Schlaf lächelnd zu ihr, und manchmal entriß Luciles Stöhnen oder der krampfhafte Griff ihrer Hand nach seinem Rücken ihn erst seinem letzten Traum. Er hatte einen schweren, tiefen Schlaf wie manche Männer und viele Kinder, und nichts war ihm lieber als dieses langsame und wollüstige Erwachen. Für Lucile war jeden Morgen die erste Wahrnehmung von der Welt die Wahrnehmung der Lust, und sie kam verwundert zu sich, überrumpelt und ein bißchen ärgerlich über diese Quasi-Vergewaltigung, die sie aller gewohnten Ereignisse ihres Erwachens beraubte: die Augen öffnen und wieder schließen, den Tag ablehnen oder annehmen, diesen ganzen verworrenen, zärtlichen kleinen Kampf gegen sich selbst. Manchmal versuchte sie zu mogeln, wollte vor ihm erwachen und das verheimlichen, aber Antoine schlief nie länger als sechs Stunden und war immer schon da. Er lachte über ihr böses Gesicht, er freute sich, daß er diese Frau so schnell dem Dunkel des Schlummers entrissen hatte, sie ebenso schnell im Dunkel der Liebe versinken zu lassen, über alles liebte er diesen Augenblick, da sie verwirrt und unentschlossen die Augen aufschlug, ihn erkennend sie wie unter einem Zwang sofort wieder schloß und die Arme um seinen Hals schlang.

Luciles Koffer waren auf den Schrank gestapelt, und nur zwei oder drei Kleider, die Antoine am liebsten mochte, hingen neben seinen beiden Anzügen im Schrank. Das Bad dagegen zeigte deutlich die Gegenwart einer Frau durch die vielen kleinen Töpfe, die Lucile dort abgesetzt hatte und im allgemeinen nicht benutzte. Beim Rasieren erfand Antoine tausend Kommentare über die Verwendung der Kräutermaske gegen Falten oder ähnliche Possen. Lucile sagte ihm, daß er später sehr froh sein würde, so etwas zu haben, daß er zusehends altere, und daß er überhaupt häßlich sei. Er küßte sie. Sie lachte. Es war unwahrscheinlich schön in Paris in diesem Sommer.

Um halb zehn ging er zur Arbeit, und sie blieb im Zimmer, ruhig, lechzend nach einer Tasse Tee, aber in ihrer Betäubung unfähig, hinunterzugehen, um sie in der Kneipe an der Ecke zu trinken. Sie ergriff eines der hundert Bücher, die in allen Ecken des Zimmers aufgestapelt waren, und las. Die große Turmuhr, unter der sie einmal so gelitten hatte, schlug alle halbe Stunde, und jetzt liebte sie ihren Klang über alles. Manchmal legte sie sogar, wenn sie sie schlagen hörte, ihr Buch nieder und lächelte ins Leere wie in eine wiedergefundene Kindheit. Um elf oder halb zwölf rief Antoine an, seine Stimme klang oft träge, aber zuweilen auch kurz und entschlossen wie die Stimme eines Mannes, der zuviel Arbeit hat. Dann antwortete ihm Lucile sehr ernsthaft, wenn auch mit innerlichem Gelächter, denn sie kannte ihn als untätigen Träumer, aber sie befand sich in einem Stadium der Liebe, da man an dem anderen seine Komödien ebenso liebt wie seine Echtheit, oder noch mehr, seine Flunkereien, die man durchschauen kann, erscheinen einem als Zeichen äußerster Vertrautheit. Um zwölf traf sie sich mit ihm im Schwimmbad an der Place de la Concorde, und sie aßen in der Sonne ein belegtes Brötchen. Dann ging er wieder arbeiten, sofern sie nicht beide durch die Sonne, die Berührung ihrer nackten, leicht gebräunten Haut, ihr Gespräch erregt waren, dann lief er mit ihr nach Hause und kam zu spät wieder ins Büro. Danach begann

Luciles langer, müßiger Bummel durch Paris, sie begegnete Freunden, flüchtigen Bekannten, trank auf den Terrassen der Cafés Tomatensaft, und da sie glücklich aussah, wurde sie von jedem angesprochen.

Abends waren all die Kinos für sie da, all die Spazierwege um Paris, all die halb leeren Kabaretts, wo sie ihm das Tanzen beibrachte, all die unbekannten und ruhigen Sommergesichter der Stadt; und all die Worte, die zu sagen und all die Gebärden, die zu machen sie Lust hatten.

Ende Juli begegneten sie im *Flore* zufällig Johnny, der mit einem lockigen jungen Mann namens Bruno von einem anstrengenden Wochenende in Monte Carlo zurückgekehrt war. Er gratulierte ihnen zu ihrem glücklichen Aussehen und fragte, warum sie sich nicht heirateten. Sie lachten schallend über diese Idee und erklärten, keine Menschen zu sein, die sich um die Zukunft sorgten, und das sei wirklich eine abgeschmackte Idee. Johnny gab es zu und lachte mit, aber als sie gegangen waren, murmelte er »schade«; sein Ton ließ den besagten Bruno aufhorchen. Seinen Fragen begegnete Johnny mit einem seltsam melancholischen Gesicht, das der Junge nicht an ihm kannte, und dann erklärte er nur: »Das verstehst du nicht, aber es ist zu spät«; diese Antwort genügte übrigens seinem Partner durchaus, dessen Sache es wirklich nicht war, irgend etwas zu begreifen.

Der August kam, und Antoine hatte einen Monat Ferien. Aber er hatte kein Geld, und also blieben sie zu Hause.

Es wurde in diesem Monat plötzlich sehr heiß in

Paris, es war schwül und gewittrig, und kurze, heftige Regengüsse stürzten auf die Straßen und ließen sie erschöpft und frisch zurück wie Genesende oder junge Wöchnerinnen. Lucile verbrachte praktisch drei Wochen im Morgenrock auf ihrem Bett. Ihre Sommergarderobe bestand aus Badeanzügen und Leinenhosen, die für die schönen Tage in Monte Carlo oder auf Capri bestimmt waren. Geschenke von Blassans-Lignières, und es war nicht möglich, diese Garderobe zu ändern. Sie las unheimlich viel, rauchte, ging Tomaten einkaufen für das zweite Frühstück, gehörte Antoine, sprach mit ihm über Literatur und schlief. Bei den Gewittern, vor denen sie Angst hatte, schmiegte sie sich an ihn, und er war gerührt, erklärte ihr wissenschaftlich dunkle Geschichten vom Kumulus, die sie nur zur Hälfte glaubte, und nannte sie mit erregter Stimme »meine Heidin«. Aber es gelang ihm nicht, sie ihrerseits zu erregen, bevor nicht das letzte Donnerrollen längst verklungen war. Zuweilen blickte er sie verstohlen prüfend an. Luciles Trägheit, ihre ungeheure Fähigkeit, nichts zu tun, nichts vorzuhaben, ihre Fähigkeit zum Glück – zum Verleben so leerer Tage, so untätig, so gleichmäßig – ihm schien das manchmal unsinnig, fast ungeheuerlich. Er wußte wohl, daß sie ihn liebte und daß sie sich deshalb ebensowenig mit ihm langweilen konnte wie er mit ihr, aber er spürte, daß diese Lebensweise ihrer innersten Natur am meisten entsprach, während er die andauernde Leere nur kraft seiner Leidenschaft ertrug. Ihm war, als sei er an ein unverständliches Tier, eine unbekannte Pflanze, eine Alraune geraten. Dann kam er zu ihr, schob sich unter die

Decken, wurde nicht müde ihrer Lust, ihrer gemeinsamen Bemühungen, ihrer Erschöpfung und bewies sich so auf das deutlichste, daß sie eben nur eine Frau sei. Sie hatten allmählich ihre Körper ganz genau kennengelernt, das war fast zu einer Art Wissenschaft geworden, die zwar fehlbar war, denn sie gründete sich auf der Sorge um die Lust des anderen, verschwand aber oft entwaffnet, ohnmächtig vor der eigenen Lust. In solchen Augenblicken konnten sie sich nicht vorstellen, daß sie sich dreißig Jahre lang nicht gekannt hatten. Und ein Tag konnte nicht tot sein, an dem sie einander wiederholt gestehen mußten, nichts anderes sei wahr und nichts von Wert als der Augenblick, den sie eben erlebten.

Also verging der August wie ein Traum. Am Vorabend des ersten September lagen sie um Mitternacht beisammen, und Antoines Wecker, der während eines Monats untätig gewesen war, hatte seinen frenetischen Gang wieder aufgenommen. Er würde um acht Uhr klingeln. Antoine lag reglos auf dem Rücken, und seine Hand, die eine Zigarette hielt, hing aus dem Bett. Auf der Straße begann es langsam und weich zu regnen, er spürte, daß der Regen warm war, er vermutete sogar, daß er salzig sei wie die Tränen, die Lucile still mit offenen Augen an seiner Wange vergoß. Er brauchte weder sie noch die Wolken nach den Gründen dieser Tränen zu fragen. Er wußte genau, daß der Sommer vorbei war, der schönste Sommer ihres Lebens.

DRITTER TEIL

Herbst

Je vis que tous les âtres ont une fatalité de bonheur. L'action n'est pas la vie mais une façon de gâcher quelque force, un enervement.

Arthur Rimbaud

XVIII

Lucile wartete an der Place de l'Alma auf den Omnibus und war nervös. Dieser November war besonders kalt, besonders regnerisch, und das kleine Wartehäuschen vor der Haltestelle angefüllt von frierenden, verdrossenen, fast aggressiven Menschen. Deshalb hatte sie es vorgezogen, draußen zu bleiben, und das nasse Haar klebte ihr im Gesicht. Außerdem hatte sie anfangs vergessen, eine Platzkarte zu ziehen, und als sie nach sechs Minuten daran dachte, da hatte eine Frau boshaft aufgelacht. Nun sehnte sie sich bitter nach ihrem Wagen, nach dem Rauschen des Regens auf dem Verdeck und dem vorsichtigen Kurven auf nassem Pflaster. Das ist der einzige wirkliche Reiz des Geldes, dachte sie, daß es einem das Warten erspart, den Ärger, die anderen. Sie kam aus dem Filmarchiv des Palais de Chaillot; Antoine, den ihre Untätigkeit aufregte, hatte ihr geraten, ja fast befohlen, sich dort ein Meisterwerk von Pabst anzusehen. Besagtes Meisterwerk war wirklich eins, aber sie hatte eine halbe Stunde inmitten einer

Schar von geschwätzigen, unternehmungslustigen Studenten anstehen müssen und fragte sich, warum sie nicht ruhig in ihrem Zimmer bei dem Buch von Simenon geblieben war, das sie begeisterte. Es war halb sieben vorbei, sie würde nach Antoine heimkommen, und das würde ihn vielleicht von dieser jämmerlichen Manie heilen, die er neuerdings hatte: er wollte Lucile mit der Außenwelt in Verbindung bringen. Er sagte, es sei nicht normal, nicht gesund, daß sie nach dreijährigem bewegtem, gesellschaftlichem Leben und dem, was er menschliche Beziehungen nannte, sich jetzt untätig in einem Zimmer einmauerte. Sie konnte ihm nicht sagen, was sie jetzt zu entdecken begann, daß eine Stadt, ja selbst Paris, mit Autobusplatzkarten und zweihundert Francs in der Tasche entsetzlich war für sie, die ein anderes Leben in ihr geführt hatte. Das hätte ihn wohl ebenso gedemütigt wie sie. Jetzt besann sie sich, daß sie mit zwanzig Jahren so gelebt hatte, und der Gedanke, es mit dreißig nicht wiederholen zu können, war ihr unbehaglich. Ein Autobus hielt, die ersten Nummern, noch weit von der ihrigen, wurden aufgerufen, und die armen Abgewiesenen kehrten in ihren Glaskäfig zurück. Lucile wurde von einer wilden Verzweiflung überfallen. Mit etwas Glück würde sie in einer halben Stunde in den Autobus steigen, der sie dreihundert Meter von Antoines Zimmer absetzen würde, dreihundert Meter, die sie durch den Regen laufen mußte, und sie würde müde, häßlich, zerzaust bei einem ebenfalls müden Mann ankommen. Und falls er sie mit begeisterter Miene fragte, was sie von Pabst hielte, redete sie womöglich über das Menschengewühl, über Autobusse und das höllische Leben der arbeitenden Menschen, und er wäre enttäuscht. Ein Bus fuhr vorbei ohne zu halten. Plötzlich entschloß sie sich, zu Fuß heimzugehen. Eine alte Dame trat heran, streckte die Hand nach dem Automaten aus, und Lucile reichte ihr impulsiv ihre Platzkarte:

»Da, nehmen Sie meine, ich gehe zu Fuß.«

Der Blick der Frau war fragend, fast feindselig. Vielleicht glaubte sie, Lucile tue das aus Barmherzigkeit wegen ihres Alters oder Gott weiß warum. Die Leute wurden jetzt mißtrauisch. Sie waren so abgestumpft von Ärger, Sorgen, einem stumpfsinnigen Fernsehprogramm und blödsinnigen Zeitungen, daß sie keinen Begriff mehr hatten von einer Tat ohne Hintergedanken.

Lucile entschuldigte sich fast:

»Ich wohne zwei Schritte von hier, ich habe mich verspätet, und es regnet ein bißchen weniger, oder?«

Dieses »oder« war fast flehend, sie spürte es, als sie einen unaufrichtigen Blick zum Himmel schickte, denn es regnete immer mehr. Zugleich dachte sie: »Was habe ich eigentlich von der Zustimmung dieser Frau, wenn sie die Karte nicht will, soll sie sie fortwerfen. Soll sie eine halbe Stunde länger warten, mir ist es egal. Sie war ganz durcheinander: Was ist mit mir los? Ich hätte es machen sollen wie andere: die Karte wegwerfen. Was für ein Unsinn, an der Place de l'Alma um halb sieben Uhr abends vor einem Autobus Wohlwollen erregen, herzliche Beziehungen anknüpfen zu wollen, zu wünschen, daß mich alle lieben. Herzliche Beziehungen, die große Zuneigung zwischen Unbekannten entsteht mit Hilfe von Whisky bei Leuten, die die Mittel dazu haben, oder in einer gemütlichen Bar, oder bei einer Revolution.« Zugleich wünschte sie verzweifelt, sich das Gegenteil zu beweisen. Die Frau streckte die Hand aus, ergriff die Karte.

»Sie sind sehr liebenswürdig«, sagte sie.

Sie lächelte. Lucile lächelte unsicher zurück und ging. Sie wollte bis zur Place de la Concorde der Seine folgen, über die Brücke gehen und die Rue de Lille einschlagen. Plötzlich besann sie sich, daß sie denselben Weg schon einmal abends zu Fuß gegangen war, an dem Abend, da sie Antoine kennengelernt hatte. Aber damals war Frühlingsanfang, sie kannte den jungen Mann nicht, und sie waren völlig freiwillig zu Fuß durch die laue einsame Nacht gegangen, sie hatten aus anderen Gründen auf ein Taxi verzichtet als sie heute. »Ich muß aufhören zu schimpfen«, dachte sie. Was hatten sie heute abend vor? Sie mußten bei Lucas Solder zu Abend essen, einem Freund von Antoine. Das war ein aufgeregter, schwatzhafter Journalist, der viel für Abstraktionen übrig hatte. Antoine machte er Spaß, und er hätte Lucile auch Spaß gemacht, wenn seine furchtbar zopfige Frau nicht jedesmal versucht hätte, ein Gespräch mit ihr anzufangen, das vom letzten Ausverkauf bis zu den Frauenkrankheiten reichte. Außerdem produzierte Nicole, die sich gern »erfinderisch« zeigte, billige Menüs, die ungenießbar waren. »Ich würde so gern ins *Relais-Plazza* essen gehen«, murmelte Lucile unterwegs. »Ich würde ein Daiquiri glacé an der Bar nehmen und ein Hamburger mit Salat bestellen – statt der dicken Suppe, des ekligen Ragouts, des trockenen Käses, der drei Früchte, die mich erwarten. Zu denken,

daß nur die Reichen das Recht haben, wenig zu essen...«
Eine Weile schwelgte sie in dieser Vorstellung, die halbleere Bar des *Plazza*, an deren Theke immer Gladiolen standen, die verbindlichen Kellner, und sie selbst allein an einem Tisch, geruhsam in einer Zeitschrift lesend und die Nerzmäntel der Amerikanerinnen beobachtend. Mit einem kleinen Stich im Herzen bemerkte sie, daß dieser Traum Antoine ausschloß, daß sie sich ohne ihn gesehen hatte. Gewiß, sie hatte schon lange keine Mahlzeit mehr allein eingenommen, aber sie war schuldbewußt. Sie eilte durch die Rue de Lille und die Treppe hinauf. Antoine lag mit *Le Monde* auf dem Bett – sie schien für Männer bestimmt zu sein, die *Le Monde* lasen –, er richtete sich auf, und sie warf sich in seine Arme. Er war warm, er roch nach Rauch, riesengroß war er so auf dem Bett, sie wurde dieses knochigen Leibes nicht müde, nicht dieser hellen Augen, nicht dieser festen Hände, die ihr das nasse Haar aus dem Gesicht strichen. Er murmelte etwas über die Torheit von Frauen, die durch den Regen irren.

»Nun«, sagte er schließlich, »und der Film?«

»Er war fabelhaft«, sagte sie.

»Gib zu, daß ich recht gehabt habe, dich hinzuschicken.«

»Ich gebe es zu«, sagte sie.

Sie stand im Bad, als sie das zugab, hatte ein Handtuch in der Rechten und sah plötzlich im Spiegel ein drolliges kleines Lächeln auf ihrem Gesicht, das sie nicht kannte. Sie verstummte und fuhr dann sanft mit dem Handtuch über den Spiegel, als wolle sie einen Komplizen auslöschen, den es nicht geben durfte.

XIX

Sie erwartete Antoine in der kleinen Bar in der Rue de Lille, wo sie sich abends gegen halb sieben zu treffen pflegten. Sie sprach mit dem Kellner über Pferderennen; er hieß Etienne, war ziemlich hübsch und sehr geschwätzig, und Antoine bezichtigte ihn, unerlaubte Gefühle für sie zu hegen. Lucile hatte ein paarmal seine Ratschläge bezüglich der Rennen befolgt, und das Ergebnis war stets verhängnisvoll gewesen, deshalb sah Antoine die beiden beim Eintreten immer argwöhnisch an, nicht aus Eifersucht, sondern aus Angst vor einer materiellen Katastrophe. An diesem Tage war Lucile sehr gut aufgelegt. Sie waren sehr spät eingeschlafen, hatten die Nacht mit komplizierten, großartigen Plänen verbracht, an die sie sich nicht mehr recht erinnerte, die aber geradeswegs an einen Strand in Afrika oder in ein märchenhaftes Landhaus bei Paris führten. Unterdessen sprach Etienne mit funkelnden Augen von einer gewissen Ambroisie II, die zehn zu eins notiert war und tags darauf in Saint-Cloud mit Sicherheit gewinnen würde. Und der Tausendfrancschein, der einsam in Luciles Tasche schlummerte, hätte zweifellos den Besitzer gewechselt, wenn Antoine nicht mit aufgeregter Miene eingetreten wäre. Er küßte Lucile, setzte sich und bestellte zwei Whisky; das war angesichts der Tatsache, daß man den 26. des Monats schrieb, ein Zeichen, daß es etwas zu feiern gab.

»Was ist los?« fragte Lucile.

»Ich habe mit Sirer gesprochen«, sagte Antoine (und

weil er Luciles verständnislose Miene sah), »du weißt doch, der Direktor vom *Réveil.* Er hat eine Stelle für dich im Archiv.«

»Im Archiv?«

»Ja. Das macht Spaß, da ist nicht allzu viel zu tun, und er gibt dir für den Anfang hunderttausend Francs im Monat.«

Lucile sah ihn verstört an. Jetzt erinnerte sie sich genau, wovon sie in der vergangenen Nacht gesprochen hatten. Sie waren sich einig gewesen, daß Luciles Leben kein Leben sei, daß sie etwas tun müßte. Sie hatte die Idee, zu arbeiten, freudig aufgenommen, sie hatte sogar ein dichterisches Bild entworfen, wie sie bei einer Zeitung Sprosse für Sprosse emporklimmen und schließlich eine der glänzendsten, bekanntesten Journalistinnen von Paris werden wollte; natürlich hätte sie viel Arbeit, viel Sorgen, aber sie fühlte genügend Zähigkeit, Humor, Ehrgeiz in sich, um es zu schaffen. Sie hätten eine üppige Wohnung auf Kosten der Zeitung, denn sie wären zu vielen Empfängen verpflichtet, aber sie würden jedes Jahr mindestens einen Monat zusammen auf eine Jacht im Mittelmeer flüchten. Begeistert hatte sie diese Theorie Antoine entwickelt, der zuerst skeptisch war und allmählich doch interessiert, denn niemand konnte überzeugender im Planen sein als Lucile, vor allem wenn die Pläne so verrückt waren, so gegen ihre Natur wie dieser. Was hatte sie nur gestern abend getrunken oder gelesen, um sich in so etwas hineinzusteigern? Sie hatte weder Ehrgeiz noch Zähigkeit, und zu einem Beruf so wenig Lust wie zum Selbstmord.

»Weißt du, für solche Zeitung ist das ein sehr gutes Gehalt«, sagte Antoine.

Er sah aus, als sei er von sich selbst entzückt. Sie blickte ihn gerührt an: ihre nächtlichen Gespräche hatten ihn nicht losgelassen, er mußte den ganzen Tag daran gedacht, Himmel und Erde in Bewegung gesetzt haben. Es war sehr schwer, eine solche Stellung in Paris zu finden, so zahlreich waren die Damen der Gesellschaft, die wegen ihres Müßigganges plötzlich nervöse Depressionen bekamen und sogar dazugezahlt hätten, um Fußböden reinigen zu dürfen, wenn sie nur einem Verlag, einem Modesalon oder einer Zeitung gehörten. Und da war dieser Narr von Sirer bereit, sie zu bezahlen, sie, die doch nur den Müßiggang liebte. Das Leben war unsinnig. Sie versuchte Antoine anzulächeln.

»Du siehst nicht gerade begeistert aus«, sagte er.

»Das wäre zu schön«, sagte sie düster.

Er warf ihr einen belustigten Blick zu. Er wußte genau, daß sie ihre nächtlichen Entscheidungen bereute, er wußte auch, daß sie es ihm nicht zu sagen wagte. Aber er dachte wirklich, daß es unmöglich sei, sich bei dieser Lebensweise nicht zu langweilen, und sie müsse schließlich ihr Leben und sich selbst satt bekommen. Insgeheim sagte er sich auch, diese hunderttausend Francs zusammen mit seinem eigenen Gehalt würden Lucile ein materiell viel leichteres Leben erlauben. Mit schönem männlichem Optimismus stellte er sich vor, wie Lucile sich vergnügt zwei kleine Kleider im Monat kaufte, die zwar nicht von einem großen Couturier stammten, ihr aber tadellos stehen würden, da sie gut gewachsen war. Sie könnte Taxi fahren, käme unter Menschen, würde sich ein bißchen mit Politik, ganz allgemein mit der Welt, eben mit den anderen beschäftigen. Zweifellos würde er es bedauern, wenn er bei der Heimkehr diese Frau, die nur vom Lesen und von der Liebe lebte, nicht wie ein Tier in seiner Höhle vorfände, aber er wäre gewissermaßen beruhigt. Denn in diesem unbeweglichen Leben lag eine solche Absolutheit der Gegenwart, eine Geringschätzung der Zukunft, die ihn erschreckte, und insgeheim ihn sogar ärgerte, als ob er nur Bestandteil einer Ausstattung sei, die Kulisse eines Filmstudios etwa die man zwangsläufig, unerbittlich nach der letzten Drehminute verbrennen würde.

»Wann soll ich anfangen?« fragte Lucile.

Jetzt lächelte sie wirklich. Eigentlich könnte sie es doch versuchen. Früher war es doch schon vorgekommen, daß sie gearbeitet hatte. Sie würde sich sicherlich ein bißchen langweilen, aber das würde sie Antoine nicht merken lassen.

»Am 1. Dezember. In fünf oder sechs Tagen. Bist du zufrieden?«

Sie warf ihm einen mißtrauischen Blick zu. Konnte er wirklich glauben, daß sie sich freute? Sie hatte schon manchmal einen Anflug von Sadismus an ihm bemerkt. Aber er sah unschuldig aus, überzeugt geradezu. Sie nickte ernsthaft:

»Ich bin sehr zufrieden. Du hattest recht, das konnte nicht so weitergehen.«

Er beugte sich über den Tisch und küßte sie so impulsiv und zärtlich, daß sie merkte, er verstand sie. Sie lächelte an seiner Wange, und sie lachten beide über sie, zusammen und mit Nachsicht. Ohne Zweifel, sie war erleichtert, von ihm durchschaut zu sein, denn sie mochte nicht, daß er sich über sie täuschte, aber zugleich grollte sie ihm ein bißchen, daß er sie überrumpelt hatte. Am Abend zu Hause widmete sich Antoine mit dem Bleistift in der Hand den erfreulichsten finanziellen Berechnungen. Es ging offenbar um Miete, Telephon, langweiliges Zeug. Mit ihren hunderttausend Francs bezahlte Lucile ihre Kleider, ihre Fahrkarten, ihr Frühstück – es gab übrigens eine sehr gute, sehr vergnügte Kantine beim *Réveil* – dort könnte er mit ihr zu Mittag essen. Lucile saß auf dem Bett und ließ diese Zahlen betäubt über sich ergehen. Sie hatte Lust, ihm zu sagen, daß ein Kleid bei Dior dreihunderttausend Francs kostete, daß sie die U-Bahn haßte, auch ohne Umsteigen, und daß schon das Wort Kantine sie in die Flucht schlagen könnte. Sie fühlte sich versnobt, endgültig und hoffnungslos versnobt. Aber als er endlich aufhörte, auf und ab zu gehen und ihr sein lächelndes Gesicht zuwandte, unentschieden, als ob er sich selbst nicht glaubte, da konnte sie nichts anderes tun als zurücklächeln. Er war wie ein Kind, er stellte Milchmädchenrechnungen auf wie es die Kinder tun, er stellte Budgets auf wie es die Minister tun, er spielte mit Zahlen, wie es die Männer gern tun. Was machte es im Grunde aus, daß ihr Leben sich diesen Hirngespinsten unterordnen mußte, solange sie von ihm kamen.

XX

Sie hatte das Gefühl, seit Jahren da zu sein, dennoch war sie erst vor vierzehn Tagen im Büro des *Réveil* angetreten. Der große graue Raum voller Schreibtische, Schränke und Ordner hatte ein einziges Fenster, das auf eine kleine Straße an den Markthallen hinausging. Sie arbeitete mit einer jungen Frau namens Marianne, die im dritten Monat war, sehr liebenswürdig, sehr fleißig, und ebenso zärtlich besorgt über die Zukunft der Zeitungssprache wie über die Zukunft ihres Sprößlings. Und da sie überzeugt war, daß dieser männlichen Geschlechts sein würde, kam es vor, wenn Marianne ihre optimistischen Sentenzen äußerte wie: »Er wird noch viel von sich reden machen« oder: »Er wird es weit bringen«, daß sich Lucile einen Augenblick fragte, ob es sich um den *Réveil* handelte oder um den künftigen Jérôme. Sie sortierten gemeinsam Zeitungsausschnitte, sie suchten je nach den Anfragen die Akten über Indien, Penicillin oder Gary Cooper heraus und ordneten sie dann wieder, wenn man sie ihnen völlig durcheinander zurückbrachte. Was Lucile ärgerte, war die Dringlichkeit, die Ernsthaftigkeit, mit der hier alles betrieben wurde und der düstere Begriff der Wirksamkeit, mit dem man ihnen in den Ohren lag. Acht Tage nach ihrem Antritt hatte sie einer Generalversammlung der Redaktion beigewohnt, einer veritablen Versammlung von Arbeitsbienen, die ihre gar nicht neuen Ideen vor sich hinbrummten, und um sich beliebt zu machen, hatte man die Ameisen aus dem Parterre und aus dem Archiv mitgebeten. Zwei Stunden lang hatte sie stumpfsinnig eine im Zeitraffertempo ablaufende menschliche Komödie miterlebt, wo Speichelleckerei, Selbstgefälligkeit, Gewichtigkeit, Mittelmäßigkeit schonungslos im Gange gewesen waren in der allgemeinen Sorge, die Auflage im Wettstreit mit *Jerome* zu verbessern. Nur drei Männer hatten kein dummes Zeug geredet – der erste, weil er grundsätzlich beleidigt war, der zweite, weil er Direktor war und, wie sie hoffte, fassungslos, und der dritte, weil er ein bißchen intelligenter zu sein schien. Von dieser Konferenz hatte sie Antoine einen feierlichen Bericht erstattet, über den er sehr gelacht hatte, aber dann sagte er, sie übertriebe und sähe alles schwarz. Übrigens magerte sie zusehends ab. Sie langweilte sich derartig, daß sie manchmal sogar unfähig war, das belegte Brötchen aufzuessen, das sie mittags – nach einem ersten und letzten Versuch mit der Kantine – in einer Kneipe in der Nähe Romane lesend zu sich nahm. Um halb sieben, manchmal um acht (meine liebe Lucile, ich bin untröstlich, Sie so lange festzuhalten, aber Sie wissen doch, daß es übermorgen losgeht) suchte sie vergeblich nach einem Taxi, landete dann geschlagen in der U-Bahn, wo sie im allgemeinen stehenblieb, denn es widerstrebte ihr immer noch, um einen Sitzplatz zu kämpfen. Sie blickte in die müden, sorgenvollen, verstörten Gesichter der Mitfahrenden, sie spürte, wie sich etwas in ihr auflehnte, mehr um der anderen willen als für sich selbst, denn ihr schien das alles nur ein böser Traum zu sein, aus dem sie unverzüglich aufwachen würde. Aber daheim erwartete sie Antoine, er nahm sie in die Arme, und schon fühlte sie wieder, daß sie lebte.

An diesem Tage konnte sie nicht mehr, und als sie gegen eins in ihre Kneipe kam, bestellte sie einen Cocktail; der Kellner wunderte sich, weil sie sonst nie etwas trank, dann bestellte sie einen zweiten. Sie hatte eine Akte durchzusehen und blätterte zwei Minuten darin, bevor sie sie gähnend wieder zuklappte. Und dabei hatte man ihr zu verstehen gegeben, daß sie drei Zeilen darüber schreiben könnte, und wenn sie ansprechend seien, würden diese drei Zeilen vielleicht veröffentlicht. Aber es war nicht möglich, nicht heute. Es war ebenso wenig möglich, zur rechten Zeit wieder in dieses graue Büro zurückzukehren, um ihre kleine Rolle der geschäftigen jungen Frau zu spielen vor den Leuten, die ihre Rollen als Denker spielten oder als Männer der Tat. Es waren schlechte Rollen, zumindest war es ein schlechtes Stück. Und wenn Antoine recht hatte, wenn dieses Stück, in dem sie mitspielte, annehmbar war oder nützlich, nun, dann war eben ihre Rolle schlecht oder jedenfalls für eine andere geschrieben. Antoine hatte unrecht, sie wußte es jetzt in der grellen Erleuchtung ihrer Cocktails, denn der Alkohol erzeugt manchmal erbarmungslos klare Sicht, und sie enthüllten ihr endgültig die tausend kleinen Lügen, die sie sich selbst alle Tage hersagte, um sich einzureden, sie sei glücklich. Sie war unglücklich, und das war ungerecht. Heftiges Mitleid mit sich selbst überkam sie. Sie bestellte einen dritten Cocktail, und der Kellner fragte sie freundlich, was ihr fehle. Finster erwiderte sie »alles«, und er wies sie darauf hin, daß es solche Tage gäbe, daß sie lieber ihr Brötchen bestellen und endlich einmal essen sollte, sonst würde sie schließlich noch Tuberkulose bekommen wie sein Vetter, der seit fast sechs Monaten in den Bergen sei. Also hatte er bemerkt, daß sie nichts aß, also machte er sich Sorgen um sie. Lucile, die ihm kaum guten Tag und guten Abend sagte, also einer liebte sie. Plötzlich fühlte sie, wie sich ihre Augen mit Tränen füllten. Alkohol macht nämlich ebenso sentimental wie hellseherisch, das hatte sie vergessen. Sie bestellte also ihr Brötchen und schlug artig das Buch auf, das sie sich morgens von Antoine geliehen hatte. Es war *Wilde Palmen* von Faulkner, und zwangsläufig stutzte sie bei den Worten Harrys:

»...Die Ehrbarkeit. Die war schuld daran. Ich habe vor einiger Zeit gemerkt, daß ihre Tätigkeit all unsere Tugenden ausbrütet, unsere erträglichsten Eigenschaften – Beschaulichkeit, Gleichmut, Faulheit, Toleranz; eine gute geistige und körperliche Verdauung: die Weisheit, sich auf fleischliche Vergnügen zu konzentrieren – Essen und Verdauen und Unzucht-Treiben und In-der-Sonne-Sitzen – es gibt nichts Besseres, nichts Gleichwertigeres, nichts sonst auf der Welt, als zu leben für die kurze Zeit, in der einem Atem verliehen ist, lebendig zu sein und es zu wissen.«

Hier hielt Lucile inne, klappte ihr Buch zu, bezahlte den Kellner und ging. Sie begab sich geradewegs zu ihrer Zeitung, erklärte Sirer, daß sie nicht mehr zu arbeiten brauche, bat ihn, Antoine nichts davon zu sagen, und gab ihm überhaupt keine Erklärung. Sie stand trotzig lächelnd vor ihm, und er sah sie verdutzt an. Sie ging sofort, rief nach einem Taxi, ließ sich zu einem Juwelier an der Place Vendome bringen und verkaufte zum halben Preis die Perlenkette, die ihr

Charles zum letzten Weihnachtsfest geschenkt hatte. Sie bestellte eine Kopie in unechten Perlen, übersah das verständnisinnige Lächeln der Verkäuferin und ging hinaus ins Freie. Eine halbe Stunde verbrachte sie im *Jeu de Paume* bei den Impressionisten, zwei Stunden im Kino, und als sie heimkam, erklärte sie Antoine, sie beginne sich an den *Réveil* zu gewöhnen. So würde er sich keine Sorgen machen, und sie hätte für einige Zeit ihre Ruhe. Genaugenommen belog sie lieber ihn als sich selbst.

Sie verbrachte herrliche vierzehn Tage. Paris war ihr wiedergegeben und ihre Faulheit und das notwendige Geld, um diese Faulheit zu genießen. Sie führte das Leben, das sie immer geführt hatte, aber heimlich, und das Gefühl, zu schwänzen, verdoppelte ihr jede ihrer Freuden. Sie hatte im ersten Stock eines Restaurants am linken Seineufer eine Art Lesebar entdeckt, wo sie ihre Nachmittage verbrachte, las oder sich mit den kuriosen, meistens dem Alkohol ergebenen Müßiggängern unterhielt, die dort aus und eingingen. Einer von ihnen, ein nobler alter Herr, der sich für einen Fürsten ausgab, lud sie eines Tages zum zweiten Frühstück im *Ritz* ein, und eine volle Stunde verbrachte sie am Morgen bei ihrer Toilette, um herauszubekommen, welches ihrer kleinen, von Charles geschenkten Kostüme am meisten den Modefarben entsprach. Sie erlebte ein unwirkliches und erlesenes Essen im *Espadon*, ihr gegenüber saß ein Mann, der ihr ernsthaft vorlog, sein Leben sei in gleicher Weise von Tolstoi wie von Malraux inspiriert, und dem sie ihrerseits aus Höflichkeit erzählte, sie führe ihr Leben à la Scott Fitzgerald. Er war also ein russischer Fürst und Historiker, sie eine etwas überdurchschnittlich gebildete amerikanische Erbin. Sie waren beide überaus beliebt und überaus reich, die Kellner umschwärmten ihren Tisch, und sie sprachen von Proust, den er sehr gut gekannt hatte. Er bezahlte eine Rechnung, die ganz sicher sein Budget vom nächsten Monat belastete, und um vier Uhr trennten sie sich, jeder vom anderen begeistert. Daheim erzählte sie Antoine tausend Anekdoten aus dem täglichen Leben beim *Réveil*, sie brachte ihn zum Lachen; ihre Lüge wog um so schwerer, weil sie ihn liebte, um so schwerer, weil sie glücklich war und wollte, daß er dieses Glück teilte. Ganz sicher eines Tages würde er es wissen; eines Tages würde Marianne, obwohl sie von ihr benachrichtigt war, doch am Telefon antworten, sie sei seit einem Monat »ausgeschieden«, aber diese Bedrohung gab ihrem jetzigen Tageslauf einen unvorhergesehenen Reiz. Sie kaufte Krawatten für Antoine, Kunstbücher für Antoine, Schallplatten für Antoine, sie redete von Vorschuß, von Überstunden, was ihr gerade einfiel, sie war fröhlich, und Antoine wurde von ihrer Fröhlichkeit angesteckt. Mit dem Geld der Perlenkette sicherte sie sich zwei Monate, zwei Monate des Nichtstuns, des Luxus und der Lügen, zwei Monate des Glücks. Müßige und gleichartige Tage, Tage, so erfüllt davon, vollkommen leer zu sein, Tage, so bewegt von Ruhigsein, daß sich der Geist endlich wieder in einer Zeit ohne Grenzen bewegt, ohne Anhaltspunkte, ohne Ziel. Sie fand zu den Tagen ihrer Jugend zurück, als sie systematisch die

Vorlesungen an der Sorbonne schwänzte, sie fand den Odeur des Verbotenen wieder, der ihr so lange verlorengegangen war. Denn die freie Zeit, die ihr Charles ließ, und die freie Zeit, die sie Antoine stahl, waren nicht aneinander zu messen, und welch bessere Erinnerung kann eine Jugend hinterlassen als die an eine lange, zärtliche Lüge gegen die anderen, die Zukunft und zugleich sich selbst. In welchem Maß belog sie sich, wenn sie auf diese Weise gewaltsam einer Katastrophe entgegentrieb? Sie würde Antoines Zorn erregen, Antoines Vertrauen verlieren, und beide zusammen würden sie zugeben müssen, daß sie nie und nimmer mit ihm dieses normale, ausgeglichene und relativ einfache Leben, das er ihr vorschlug, würde führen können. Sie wußte genau, dieses Durcheinander war nicht dadurch wiedergutzumachen, daß sie es ignorierte.

In ihr war irgend etwas furchtbar entschlossen, aber sie gestand sich nicht, wozu. In Wahrheit wollte sie nur tun, was ihr beliebte, aber das gesteht man sich ungern, wenn man jemanden liebt. Jeden Abend empfand sie wieder Antoines Wärme, sein Lachen, seinen Körper, und keinen Augenblick hatte sie das Gefühl, ihn zu betrügen. Sie konnte sich ein Leben ohne ihn ebensowenig vorstellen wie ein Leben in einem Büro. Und diese Alternative erschien ihr immer willkürlicher.

Es war sehr kalt, und allmählich nahm sie ihr zurückgezogenes Leben wieder auf. Sie stand mit Antoine zusammen auf, ging mit ihm zusammen eine Tasse Kaffee trinken, begleitete ihn manchmal bis zum Verlag, und dann ging sie offiziell an ihr hartes Tagewerk, in Wirklichkeit in ihr Zimmer. Sie zog sich aus, legte sich wieder ins Bett und schlief bis zwölf. Am Nachmittag las sie, hörte Platten, rauchte viel, schließlich machte sie das Bett, beseitigte die Spuren ihrer Anwesenheit und ging in die kleine Bar in der Rue de Lille, um Antoine abzuholen, oder ganz sadistisch, in die Bar am Pont-Royal, um dort bis acht zu warten und mit erschöpftem Gesicht in die Rue de Poitiers heimzukehren. Da wartete Antoine, bedauerte sie, küßte sie, und ohne die geringsten Gewissensbisse schmiegte sie sich in diese Zärtlichkeit, dieses Mitgefühl, diese Wärme. Im Grunde war sie auch zu bedauern, weil sie sich wegen dieses arglosen Mannes das Leben derartig schwer machen mußte. Es wäre ja leicht gewesen, zu sagen: »Ich bin nicht mehr beim *Réveil*«, um dieses Theater nicht mehr spielen zu müssen. Da aber dieses Theater Antoine beruhigte, spielte sie es eben. Manchmal kam sie sich wie eine Märtyrerin vor.

Darum war sie völlig fassungslos, als Antoine eines Tages die Wahrheit entdeckte.

»Ich habe dich heute nachmittag dreimal angerufen«, sagte er.

Er hatte seinen Regenmantel auf den Stuhl geworfen, ohne sie zu küssen, und stand unbeweglich vor ihr.

Sie lächelte. »Ich mußte gute zwei Stunden fort. Hat Marianne es dir nicht gesagt?«

»Doch, doch. Wann hast du die Zeitung verlassen?«

»Es muß um ein Uhr gewesen sein.«

»So?«

In diesem »so« war etwas, das Lucile beunruhigte. Sie schlug die Augen zu ihm auf, aber Antoine sah sie nicht an.

»Ich hatte in der Nähe des *Réveil* eine Verabredung«, sagte er hastig. »Ich wollte dich anrufen, um dir zu sagen, daß ich dich abholen werde. Du warst nicht da. Darum bin ich um halb sechs einfach hingegangen. Und was war?«

»Und was war« – erwiderte sie mechanisch.

»Sie haben dich seit drei Wochen nicht gesehen. Sie haben dir keinen Pfennig bezahlt. Ich...«

Bis dahin hatte er fast leise gesprochen, dann wurde seine Stimme plötzlich laut. Heftig riß er sich die Krawatte ab und schleuderte sie ihr zu:

»Wo kommt diese neue Krawatte her? Und die Platten? Wo hast du zu Mittag gegessen?«

»Warte doch«, sagte Lucile, »schrei doch nicht... Du glaubst doch selbst nicht, daß ich auf die Straße gegangen bin... mach dich doch nicht lächerlich...«

Antoines Ohrfeige kam so überraschend, daß sie sich nicht rührte und sogar noch eine Sekunde das beschwichtigende Lächeln auf dem Gesicht behielt, das sie aufgesetzt hatte. Dann spürte sie die Hitze in ihrer Wange und hob mechanisch die Hand ans Gesicht. Aber diese kindliche Bewegung steigerte Antoines Zorn. Es war der anhaltende, schmerzliche Zorn eines lässigen Menschen, der für ihn selbst viel schmerzhafter ist als für das Opfer.

»Ich weiß nicht, was du getrieben hast. Ich weiß nur, daß du mich belogen hast, unaufhörlich, seit drei Wochen. Das ist alles, was ich weiß.«

Ein Schweigen entstand. Lucile dachte an die Ohrfeige, sie fragte sich mit einer Mischung von Zorn und Belustigung, was jetzt zu tun sei. Antoines Wut erschien ihr nach wie vor den Tatsachen nicht angemessen.

»Also Charles«, sagte Antoine.

Sie schaute ihn sprachlos an:

»Charles?«

»Ja, Charles. Die Krawatten, die Platten, deine Pullover, dein Leben.«

Endlich begriff sie. Fast hätte sie gelacht, aber dann sah sie Antoines verstörtes, blasses Gesicht und hatte plötzlich furchtbare Angst, ihn zu verlieren.

»Nicht Charles«, sagte sie hastig. »Faulkner. Nein, hör doch, ich will es dir erklären. Das Geld, das sind die Perlen. Ich habe sie verkauft.«

»Du hast sie gestern noch gehabt.«

»Sie sind unecht, sieh sie nur an. Du brauchst nur darauf zu beißen und du...«

Nein, jetzt durfte sie Antoine nicht vorschlagen, auf ihre Perlen zu beißen, das merkte sie genau, und auch nicht von Faulkner reden. Im Lügen war sie entschieden geschickter als in der Wahrheit. Ihre Wange brannte.

»Ich konnte nicht mehr arbeiten.«

»Nach vierzehn Tagen...«

»Nach vierzehn Tagen, ja. Ich bin bei Doris gewesen, dem Juwelier, Place Vendôme, ich habe meine Perlen verkauft, ich habe eine Kopie machen lassen, das ist alles.«

»Und was hast du den ganzen Tag getrieben?«

»Ich bin spazierengegangen, ich bin zu Hause geblieben; wie vorher.«

Er starrte sie an, und sie hätte die Augen abwenden mögen. Aber es war eine alte Sache; wenn man in solchen Fällen die Augen abwandte, war das ein Zeichen der Lüge. Deshalb zwang sie sich, Antoine anzustarren. Seine gelben Augen waren dunkler geworden, und sie dachte verwirrt, wie schön er im Zorn aussah und daß das eine Seltenheit sei.

»Warum sollte ich dir das glauben? Seit drei Wochen belügst du mich andauernd.«

»Weil ich dir nichts weiter zu gestehen habe«, sagte sie müde und wandte sich ab. Sie lehnte die Stirn ans Fenster und gewahrte mechanisch eine gemächlich über die Straße laufende Katze, ungewöhnlich gemächlich bei dieser Kälte. Mit versöhnlicher Stimme fuhr sie fort:

»Ich hatte dir gesagt, daß ich nicht zu... zu so etwas geschaffen bin. Ich wäre eingegangen, oder ich wäre häßlich geworden. Ich war unglücklich, Antoine. Weiter kannst du mir nichts vorwerfen.«

»Warum hast du es mir nicht gesagt?«

»Du freutest dich, daß ich arbeitete. Daß ich mich für ›das Leben‹ interessierte. Ich konnte doch so tun.«

Antoine legte sich auf das Bett. Er hatte zwei Stunden in unaufhörlicher Verzweiflung und Eifersucht verbracht, und sein Zornausbruch hatte ihn erschöpft. Er glaubte ihr, er wußte, daß sie die Wahrheit sagte, und diese Wahrheit war beschwichtigend und zugleich grenzenlos bitter. Sie war allein, sie würde immer allein sein, und einen Augenblick fragte er sich, ob es ihm nicht lieber gewesen wäre, wenn sie ihn betrogen hätte. Wie aus weiter Ferne sagte er ihren Namen:

»Lucile... hast du überhaupt kein Vertrauen zu mir?«

Eine Sekunde später beugte sie sich über ihn, sie küßte seine Wange, seine Stirn, seine Augen, sie murmelte, daß sie ihn liebte, daß sie nur ihn liebte, daß er verrückt sei und töricht und grausam. Er ließ es geschehen, er lächelte sogar ein wenig, er war vollkommen verzweifelt.

XXI

Ein Monat verging. Lucile hockte wieder rechtmäßig in ihrer Höhle, aber jetzt war es ihr etwas unangenehm, wenn Antoine heimkam, fragte, was sie getrieben habe, und sie zur Antwort gab »nichts«, immer wieder »nichts«. Er fragte übrigens mechanisch, ohne Schärfe, aber trotzdem fragte er, und es gab Augenblicke, da sie in seinen Augen eine Art von verwirrter Traurigkeit und von Mißtrauen entdeckte. Er liebte sie rasend und mit gesteigerter Tollheit, und wenn er danach auf dem Rücken lag und sie sich über ihn beugte, schien er sie anzusehen, ohne sie zu sehen, ja, als sehe er an ihrer Stelle ein Schiff über das Meer ziehen, eine Wolke im Winde treiben, jedenfalls etwas Bewegliches, das im Begriff war zu verschwinden. Aber er hatte sie nie so sehr geliebt, und er sagte es ihr. Dann sank sie neben ihn, sie schloß die Augen, sie schwieg. Man kann sagen, daß viele Menschen vergessen, was sie mit Gerede anrichten, aber wie viele Menschen vergessen, wie töricht, verstiegen und absurd es sein kann, zu schweigen. Sie sah unter ihren geschlossenen Lidern Bilder aus ihrer Kindheit vorüberziehen, sie sah die vergessenen Gesichter gewisser Menschen vorüberziehen, das von Charles am nächsten, sie erinnerte sich plötzlich an

Antoines Krawatte auf Dianes Teppich oder an die Form des großen Baumes im *Pré-Catelan*. Und alle diese Erinnerungen, die in ihrer glücklichen Zeit dieses gleichartige, verschwommene Etwas gebildet hatten, das sie unbekümmert ihr Leben nannte, wurden jetzt zu einem wirren und beunruhigenden Magma. Antoine hatte recht: was sollten sie tun, wohin würden sie treiben, was würde aus ihnen werden? Dieses Bett war das schönste Schiff von Paris gewesen, jetzt wurde es zu einem treibenden Floß, und dieses vertraute Zimmer zu einer abstrakten Kulisse. Er hatte Lucile den Begriff der Zukunft beigebracht, und es schien, als habe er damit ihrer beider Zukunft unmöglich gemacht.

An einem Januarmorgen erwachte sie mit heftiger Übelkeit. Antoine war schon fort, denn er ging jetzt manchmal ohne sie zu wecken, als müsse sie sich von einer Krankheit erholen. Sie ging ins Bad und übergab sich und wunderte sich nicht besonders. Auf dem kleinen Heizkörper trockneten die Strümpfe, die sie am Abend hatte waschen müssen; sie sah sie an und sagte sich, daß sie keine anderen im Schubkasten hatte, daß das Zimmer ebenso eng war wie dieses Bad, kurzum, daß sie nicht die Mittel dazu hatte und beschloß, Antoines Kind nicht zu behalten.

Sie hatten noch vierzigtausend Francs, und sie war schwanger. Endlich, nach einem langen Kampf, hatte das Leben sie wieder eingefangen und bedrängte sie. Das, was ihre Gefährten in der U-Bahn schlechthin ertrugen, das, was die Schriftsteller beschrieben; eine Welt, wo die Verantwortungslosigkeit bestraft wurde. Antoine liebte sie, und er würde bereit sein, den künftigen Vater so zu spielen, wie sie es haben wollte. Sagte sie ihm: »Wir werden etwas Reizendes bekommen«, dann würde er glücklich sein über das Kind, sie wußte es. Aber dazu hatte sie kein Recht. Denn dieses Kind würde endgültig ihre Freiheit zerstören und sie deshalb nicht glücklich machen, und schließlich wußte sie, daß sie Antoine enttäuscht hatte und ihn in ein Stadium der Leidenschaft getrieben hatte, in dem alles eine Prüfung zu sein schien. Und als eine Prüfung würde er dieses Ereignis auch auffassen, aber das wäre falsch. Sie liebte ihn zu sehr oder nicht genug, sie mochte dieses Kind nicht, sie mochte nur ihn, glücklich, blond, mit gelben Augen, mit der Freiheit, sie zu verlassen. Und darin bestand zweifellos ihre einzige Anständigkeit: sie wies zwar bewußt jede Verantwortung von sich, weigerte sich aber gleichzeitig, sie jemand anderem aufzuladen. Es war jetzt nicht angebracht, von einem kleinen Antoine zu träumen, der am Strand spielte, noch von einem Antoine, der streng die Hausaufgaben seines Sohnes korrigierte. Es war angebracht, die Augen aufzutun, die Ausmaße des Zimmers und die Größe einer Wiege, den Lohn eines Kindermädchens und Antoines Gehalt zu vergleichen. Das alles war nicht miteinander zu vereinen. Es gab Frauen, die damit fertig geworden wären, aber sie war keine solche. Es war auch nicht angebracht, über sich selbst Träume zu spinnen.

Als Antoine heimkam, erklärte sie ihm also, daß es ihr nicht gut gehe. Er wurde ein bißchen blaß, dann nahm er sie in die Arme. Er sprach verträumt, und sie spürte, wie sie eigensinnig die Zähne zusammenbiß.

»Bist du sicher, daß du es nicht willst?«

»Ich will nur dich«, sagte sie.

Sie sprach nicht von den materiellen Schwierigkeiten, sie hatte Angst, ihn zu demütigen. Und während er ihr Haar streichelte, dachte er, wenn sie nur wollte, dann hätte er leidenschaftlich gern ein Kind von ihr. Nur war sie eben ein flüchtiges Geschöpf, und gerade darum liebte er sie, und er konnte ihr keinen Vorwurf machen. Er machte einen letzten Versuch.

»Man könnte zu heiraten versuchen und so. Wir könnten umziehen.«

»Wohin?« sagte sie. »Weißt du, ich glaube auch, daß es furchtbar anstrengend ist, so ein Kind. Du kämst heim und fändest mich abgespannt, schlechtgelaunt... das wäre...«

»Und wie, meinst du, machen es die anderen?«

»Nicht wie wir«, sagte sie und entzog sich ihm.

Das sollte heißen: »Sie sind nicht so besessen, glücklich zu sein.« Er gab keine Antwort. Abends gingen sie aus und tranken sehr viel. Am nächsten Morgen wollte er einen Freund um eine Adresse bitten.

XXII

Der junge Arzt hatte ein offenes, häßliches Gesicht, das Verachtung ausdrückte. Sie wußte nicht, ob er sich selbst verachtete oder alle die Frauen, denen er seit zwei Jahren für die erschwingliche Summe von achtzigtausend Francs half. Er machte es bei ihnen zu Hause ohne Narkose, und er ließ sich nicht wieder sehen, wenn es böse ausging. Sie waren für den nächsten Abend verabredet, und sie schlotterte vor Angst und Haß bei dem bloßen Gedanken, ihn wiederzusehen. Antoine hatte sich die vierzigtausend Francs, die ihnen fehlten, nicht ohne Mühe vom Verlag ausgeliehen, und zum Glück hatte er den famosen Arzt nicht kennengelernt, weil der sich aus aberwitzigen Moralitätsgründen oder vorsichtshalber weigerte, »die Kerle« zu sehen. Sonst war da noch ein Schweizer Arzt in der Nähe von Lausanne, aber dazu mußte man über zweihunderttausend Francs plus Reisekosten verfügen. Ausgeschlossen war das und sie hatte nicht einmal mit Antoine darüber gesprochen, eine Adresse für Snobs, eine Klinik mit Krankenschwestern und Spritzen, die für sie nicht in Frage kam. Sie mußte sich diesem Schlächter ausliefern, mußte sehen, wie sie davonkam und sich wahrscheinlich monatelang mit einer angegriffenen Gesundheit herumschleppen. Zu dumm, zu scheußlich. Und sie, die niemals Torheiten bereut hatte, dachte jetzt verbittert an ihre voreilig verkaufte Perlenkette. Sie würde wie die Heldin in *Wilde Palmen* an einer schönen Sepsis eingehen, und Antoine käme ins Gefängnis. Wie ein Tier lief sie im Zimmer hin und her, betrachtete ihr Gesicht, ihren schlanken Körper, sie stellte sich vor häßlich, krank, kümmerlich zu werden, für immer dieser unverschämt guten Gesundheit beraubt zu sein, die zum großen Teil ihr Lebensglück sicherte, und sie war außer sich vor Zorn. Um vier rief sie Antoine an, seine Stimme klang müde, besorgt, sie hatte nicht den Mut, von ihrer Angst zu sprechen. Wenn er sie in diesem Augenblick darum gebeten hätte, das

Kind zu behalten, dann hätte sie eingewilligt. Aber sie empfand ihn als Fremden, sie spürte sein Unvermögen, und ganz plötzlich verlangte es sie nach irgendeinem Schutz. Nicht einmal eine Freundin hatte sie, mit der sie über diese streng weiblichen Komplikationen hätte sprechen können, die sie nach diesen Dingen hätte fragen können, vor denen ihr bis dahin gegraut hatte. Keine Frau kannte sie wirklich, und ihre einzige Freundin war zweifellos Pauline gewesen. Als sie diesen Namen murmelte, dachte sie unwillkürlich an Charles – Charles, den sie aus ihrem Gedächtnis ausgelöscht hatte wie einen unbequemen Gewissensbiß, da der Name Antoine noch immer quälen konnte. Sofort wußte sie, daß sie ihn um Hilfe bitten wollte, daß niemand sie daran hindern könnte und er der einzige Mensch wäre, der fähig sei, sie von diesem Alptraum zu befreien.

Sie rief ihn an, sie wählte die alte Nummer seines Büros, begrüßte die Telefonistin. Er war da. Sie war seltsam bewegt, als sie seine Stimme hörte, und es dauerte einen Augenblick, bis sie weitersprechen konnte.

»Charles«, sagte sie, »ich möchte Sie sehen. Ich bin in Schwierigkeiten.«

»Ich schicke Ihnen in einer Stunde den Wagen«, sagte er ruhig. »Ist Ihnen das recht?«

»Ja, ja«, sagte sie. »Bis gleich.«

Sie wartete eine Sekunde darauf, daß er auflegte, und als er es nicht tat, erinnerte sie sich plötzlich an seine unfehlbare Höflichkeit und legte ihrerseits auf. Hastig zog sie sich an, dann stand sie dreiviertel Stunden mit der Stirn am Fenster und mußte warten, bis der Wagen kam. Der Chauffeur begrüßte sie erfreut, und mit einem Gefühl grenzenloser Erleichterung setzte sie sich auf den vertrauten Sitz.

Pauline öffnete die Tür und schloß sie in die Arme. Die Wohnung war unverändert, warm, geräumig, ruhig, und das Blau der englischen Plüschmöbel tat dem Auge noch ebenso wohl. Einen Augenblick kam sie sich schlecht angezogen vor, dann mußte sie lachen. Es war ein bißchen wie die Rückkehr des verlorenen Sohnes, aber sie trug selbst einen Sohn. Der Wagen war wieder fortgefahren, um Charles zu holen, und sie setzte sich wie früher mit einem Whisky zu Pauline in die Küche. Pauline fand, sie sei dünn geworden, habe Ringe um die Augen, sie zankte, und Lucile hätte den Kopf auf ihre Schulter legen und ihr ihr Schicksal anvertrauen mögen. Zugleich bewunderte sie Charles Nettigkeit, daß er sie allein zurückkommen ließ, als sei sie hier noch zu Hause, daß er ihr Zeit ließ, wieder mit ihrer Vergangenheit vertraut zu werden und dachte nicht daran, das für Geschicklichkeit zu halten. Und als er in die Halle trat und fast fröhlich rief: »Lucile«, fühlte sie sich plötzlich sechs Monate zurückversetzt.

Auch er war magerer geworden und älter. Er nahm ihren Arm und führte sie in den Salon. Mit fester Stimme bestellte er zwei weitere Scotch bei der protestierenden Pauline, dann schloß er die Tür und setzte sich ihr gegenüber. Plötzlich war sie befangen. Sie sah sich um, bemerkte mit lauter Stimme, daß sich nichts verändert habe, und er wiederholte allzu zärtlich, daß sich wirklich nichts verändert habe, auch er nicht, und sie dachte entsetzt, daß er vielleicht glaubte, sie kehre zurück. Sie begann so schnell zu sprechen, daß er sie wiederholen lassen mußte:

»Charles, ich erwarte ein Kind, ich will es nicht behalten, ich muß in die Schweiz, ich habe kein Geld.«

Er murmelte, er habe sich so etwas gedacht.

»Sind Sie sicher, daß Sie es nicht behalten wollen?«

»Ich habe nicht die Mittel... ›Wir‹ haben nicht die Mittel dazu«, wiederholte sie errötend. »Und außerdem will ich frei bleiben.«

»Sie sind ganz sicher, daß es nicht nur eine materielle Frage ist?«

»Ganz sicher«, sagte sie.

Er stand auf, ging ein paar Schritte durch das Zimmer und wandte sich mit wehmütigem Lachen zu ihr um:

»Das Leben ist schlecht eingerichtet, nicht wahr?... Ich hätte viel darum gegeben, ein Kind mit Ihnen zu haben, und Sie hätten zwei Kindermädchen bekommen, wenn Sie gewollt hätten. Aber Sie hätten auch von mir kein Kind behalten, nicht wahr?«

»Nein.«

»Sie wollen nichts haben, das Ihnen gehört, nicht wahr? Weder einen Mann, noch ein Kind, noch ein Haus... wirklich nichts. Seltsam.«

»Ich will nichts besitzen«, sagte sie, »das wissen Sie doch. Mir graut vor Besitz.«

Er ging hinter seinen Schreibtisch, füllte einen Scheck aus; er reichte ihn ihr.

»Ich habe ein sehr gute Adresse in Genf, ich möchte Sie nur bitten, dorthin zu fahren, dann wäre ich beruhigt. Versprechen Sie mir das?«

Sie nickte. Ihre Kehle war zugeschnürt, sie hätte ihn jetzt anschreien mögen, nicht so lieb, so beruhigend zu sein, ihr nicht die Tränen in die Augen zu treiben. Tränen der Erleichterung, der Verbitterung, der Wehmut. Sie starrte auf den blauen Plüsch, sie atmete den Tabak- und Ledergeruch, der noch immer in diesem Arbeitszimmer herrschte, sie hörte unten Pauline mit dem Chauffeur lachen. Sie fühlte sich warm und geborgen.

»Sie wissen doch«, sagte Charles, »ich erwarte Sie noch immer. Ich langweile mich entsetzlich ohne Sie. Es ist nicht sehr geschmackvoll, Ihnen das heute zu sagen, aber wir sehen uns so selten.« Er lachte ein bißchen gezwungen und brachte Lucile vollends aus der Fassung. Sie sprang auf, stammelte heiser: »Danke« und stürzte zur Tür hinaus. Wie das letzte Mal lief sie weinend die Treppe hinunter, und während sie in den Regen hinauslief, hörte sie Charles rufen: »Geben Sie mir dann Nachricht oder meiner Sekretärin, bitte.« Sie fühlte sich gerettet. Sie fühlte sich verloren.

»Ich will dieses Geld nicht«, sagte Antoine. Hast du dir auch nur einen Augenblick überlegt, was dieser Mann von mir denken soll? Soll er mich für einen Zuhälter halten? Ich nehme ihm seine Frau weg und lasse ihn für meine Dummheiten bezahlen?«

»Antoine...«

»Das ist zu viel, das ist wirklich zu viel. Ich bin kein Moralheld, aber da gibt es Grenzen. Du weigerst dich, ein Kind von mir zu bekommen, du belügst mich, du verkaufst heimlich Perlen, dir ist alles gleich, wenn du nur deinen Spaß hast. Aber ich will nicht, daß du dir von deinem ehemaligen Geliebten Geld leihst, um das Kind des jetzigen umzubringen. Das geht zu weit.«

»Du findest es wohl moralischer, wenn ich mich diesem Fleischer ans Messer liefere, den ›du‹ bezahlt hättest. Der mich kaltblütig operiert, ohne die geringste Betäubung, und der mich krepieren läßt, wenn es zur Infektion kommt? Du findest es wohl moralisch, wenn ich vielleicht für immer krank werde – wenn nur Charles es nicht verhindert?«

Sie hatten die rote Lampe angezündet, sie sprachen leise vor Ekel vor ihrem scheußlichen Streit. Zum erstenmal verachteten sie einander, sie nahmen sich diese Verachtung übel, sie beherrschten sich nicht mehr.

»Du bist feige, Lucile, feige und egoistisch. Mit fünfzig wirst du allein sein, ganz allein. Dein lächerlicher Charme wird nicht mehr funktionieren. Dann wird sich niemand mehr für dich erwärmen.«

»Du bist ebenso feige wie ich. Du bist ein Heuchler. Was dich stört, ist nicht, daß ich dieses Kind töte, sondern, daß Charles die Operation bezahlt. Erst deine Ehre, dann meine Gesundheit. Wofür ist deine Ehre gut, kannst du mir das vielleicht sagen?«

Sie froren, sie vermieden es, sich zu berühren, sie fühlten, wie das Gewicht der Welt auf ihnen lastete – selbst hier in ihrem Bett, das sie so lange davor beschützt hatte. Sie sahen einsame Abende kommen, Geldsorgen, Runzeln, sie sahen in einem Feuerstrom Atomraketen starten, sie sahen eine feindselige, schwierige Zukunft, sie sahen das Leben des einen ohne den anderen, das Leben der Liebe. Er ahnte, er würde es sich selbst nicht verzeihen können, wenn er Lucile in die Schweiz fahren ließe, und das wäre das Ende ihrer Liebe. Er ahnte, daß dieser Arzt gefährlich war. Er ahnte, der Alltag würde sie allmählich zugrunde richten, wenn sie das Kind behielt, sie würde sich langweilen und ihn nicht mehr lieben. Sie war für die Männer geschaffen, nicht für Kinder, sie würde nie ganz erwachsen werden. Und wenn sie eines Tages erwachsen würde, dann würde sie sich so nicht mögen. Den ganzen Tag sagte er sich: »Das ist doch nicht möglich! Irgendwann macht jede Frau das einmal durch – bekommt ein Kind, hat Geldsorgen, das ist der Lauf der Welt – das muß sie begreifen. Sie ist eben egoistisch.« Aber wenn er sie wiedersah, wenn er dieses unberührte, sorglose, zerstreute Gesicht betrachtete, hatte er nicht den Eindruck von schändlicher Schwäche, sondern von einer tief verborgenen animalischen Kraft, die sie vom Leben in seinem natürlichsten Sinne abwandte. Und er konnte nicht umhin, fast Ehrfurcht vor dem zu empfinden, was er vor zehn Minuten verachtet hatte. Unberührbar, ihr Wille zur Freude machte sie unberührbar, machte ihren Egoismus zur Redlichkeit, ihre Gleichgültigkeit zur Uneigennützigkeit. Er stieß einen gequälten Seufzer aus, einen Seufzer, der aus seiner Vergangenheit zu kommen schien, aus seinem Menschwerden, aus seinem Mannwerden.

»Lucile, bitte behalte das Kind. Es ist unsere einzige Chance.«

Sie antwortete nicht. Ein paar Minuten später streckte er die Hand nach ihr aus, berührte ihr Gesicht. Er spürte Tränen, die über ihre Wangen rannen, über ihr Kinn, er wischte sie ungeschickt ab.

»Ich verlange eine Gehaltserhöhung«, begann er wieder. »Wir kommen schon zurecht. Es gibt so viele Studenten, die abends Kinder hüten, und man kann sie auch tagsüber in die Krippe bringen... das ist gar nicht so schwer. Es wird ein Jahr, zwei Jahre, zehn Jahre alt werden, und es gehört uns. Ich hätte dir das alles am ersten Tage sagen sollen, ich weiß nicht, warum ich es nicht getan habe. Man muß es versuchen, Lucile.«

»Du weißt genau, warum du es nicht getan hast. Du glaubtest nicht daran. Nicht mehr als ich.«

Sie sprach ruhig, aber sie weinte immer noch.

»Wir haben nicht so angefangen. Wir haben uns lange versteckt, haben die anderen getäuscht, und sie unglücklich gemacht. Wir haben uns für das Unerlaubte entschieden und für unser Vergnügen. Nicht um zusammen unglücklich zu sein. Wir haben uns nur zum Besten zusammengefunden, Antoine, das weißt du genau... Weder du noch ich haben die Kraft... es so zu machen wie andere.«

Sie drehte sich auf den Bauch, legte den Kopf auf seine Schulter:

»Die Sonne, der Strand, das Nichtstun, die Freiheit... das ist für uns da, Antoine, wir können es nicht mehr ändern. Das haben wir im Kopf, es steckt uns in den Knochen. Das ist nun einmal so. Wir sind wahrscheinlich das, was sie verdorben nennen. Aber ich fühle mich nur verdorben, wenn ich so tue, als glaubte ich es ihnen.«

Er antwortete nicht. Im Lichtfleck einer Straßenlaterne an der Decke hatte er Luciles verstörtes Gesicht vor sich, als er sie im *Pré-Catelan* zum Tanzen hatte zwingen wollen. Er erinnerte sich der Sehnsucht, die er beim Anblick ihrer Tränen empfunden hatte und wie leidenschaftlich er gewünscht hatte, sie möge eines Nachts in seinen Armen weinen, damit er sie trösten könnte. Jetzt weinte sie, und er hatte gewonnen, aber trösten konnte er sie nicht. Es hatte keinen Zweck, sich zu belügen: nicht nach dem Kind hatte er Verlangen, sondern nur nach ihr, allein und ungreifbar und frei. Ihre Liebe hatte immer auf Unruhe, Sorglosigkeit und Sinnlichkeit beruht. Heftige Zärtlichkeit packte ihn, er nahm dieses Zwischending von Kind und Frau, dieses dumme Ding, diese Verantwortungslose, seine Liebste, in die Arme und sagte ihr ins Ohr:

»Morgen früh hole ich die Flugkarten nach Genf.«

XXIII

Fünf Wochen vergingen. Die Operation war kurz gewesen, gut verlaufen, und sie hatte bei der Heimkehr Charles angerufen, um ihn zu beruhigen. Aber er war nicht da, und ein bißchen enttäuscht hatte sie die Telefonistin gebeten, es ihm auszurichten. Antoine war von einer neuen literarischen Kollektion, die man ihm anvertraut hatte, sehr in Anspruch genommen, und seine Situation verbesserte sich spürbar dank einer großen Veränderung im Verlag, keine Seltenheit zu jener Zeit. Sie dinierten oft mit Freunden, mit Mitarbeitern, mit Geschäftspartnern von Antoine, und sie wunderte sich und freute sich über die Anziehungskraft, die er auf sie auszuüben schien. Von Genf sprachen sie nie, ganz einfach, weil sie jetzt gewisse Vorsichtsmaßregeln ergriffen. Eigentlich war das nicht sehr schwierig, denn sie war ziemlich abgespannt und Antoine recht besorgt, und es kam zuweilen vor, daß sie abends nach einem zärtlichen Kuß einander den Rücken kehrten und einschliefen. An einem sehr regnerischen Februarnachmittag begegnete sie Johnny im *Flore*, er las in einer Kunstzeitschrift, schielte aber dabei nach einem entzückenden blonden jungen Mann, der in seiner Nähe saß, und sie wollte diskret an ihm vorübergehen, aber er rief sie, lud sie herzlich ein, und sie setzte sich zu ihm. Er war auffällig braungebrannt und brachte sie eine ganze Weile mit Claires letzten Abenteuern aus Gstaad zum Lachen. Diane hatte ihren kubanischen Diplomaten gegen einen englischen Romancier eingetauscht, der sie mit jungen Männern betrog – was Johnny offenbar entzückte. Ganz beiläufig fragte er nach Antoine, und sie antwortete ebenso. Schon lange hatte sie nicht mehr so frei, so boshaft gelacht. Antoines Freunde waren im allgemeinen intelligent, aber furchtbar ernsthaft.

»Sie wissen doch, daß Charles noch immer auf Sie wartet«, sagte Johnny. »Claire hat versucht, ihm die kleine Clairvaux in die Arme zu lancieren, aber das hat keine zwei Tage gedauert. Ich habe nie jemanden so viel gähnen sehen. Er ging von der Halle des Hotels ins Restaurant des Hotels und in die Bar des Hotels, um seinen Verdruß aller Welt zu zeigen. Es war entsetzlich. Was haben Sie ihm angetan? Was tun Sie überhaupt den Männern an? Ich könnte wirklich Ihren Rat gebrauchen.«

Er lächelte. Er hatte sie immer gern gemocht, und es

mißfiel ihm, daß sie ein altes Kostüm trug und schlecht frisiert war. Sie hatte noch immer diesen jugendlichen Charme, diese abwesende und doch belustigte Miene, aber sie war blaß und mager. Er war besorgt:

»Sind Sie glücklich?«

Sie bejahte sehr schnell, zu schnell, und daraus schloß er, daß sie sich langweilte. Im Grunde war Blassans-Ligniéres immer reizend zu ihm gewesen, warum sollte er nicht versuchen, ihm Lucile zurückzubringen? Das wäre ein gutes Werk. Und bei der Suche seiner Beweggründe vergaß er vollkommen den heftigen Neid, den er vor acht Monaten empfunden hatte, als er auf der Cocktailparty dieses schicken Amerikaners gesehen hatte, wie sich Lucile und Antoine, die Frischverliebten, starr und blaß vor Verlangen anschauten.

»Sie sollten Charles einmal anrufen. Er sieht sehr schlecht aus. Claire fürchtet sogar, daß eine häßliche Krankheit in ihm steckt.«

»Meinen Sie...«

»Man redet gerade so viel von Krebs. Aber in diesem Falle glaube ich nicht, daß etwas dran ist.«

Er log. Belustigt sah er, wie Luciles Gesicht noch ein bißchen blasser wurde. Charles... Charles, so liebenswürdig, so allein in seiner riesigen Wohnung. Charles so verlassen von allen Menschen, die er nicht mochte, die ihn nicht mochten, von allen Mädchen, die man seines Geldes wegen auf ihn losließ. Charles krank. Sie mußte ihn anrufen. Antoine hatte übrigens die ganze kommende Woche wichtige Déjeuners und Diners vor. Sie dankte Johnny für die Nachricht, und diesem fiel ein bißchen spät ein, daß Claire Lucile nicht leiden konnte. Sie würde sicherlich wüten, wenn sie wieder mit Charles zusammenkäme. Aber manchmal mißfiel es ihm nicht, der lieben Claire einen garstigen Streich zu spielen. Lucile rief also eines Morgens Charles an, und sie verabredeten sich am nächsten Tag zusammen zu essen. Es war ein kalter, schöner, klarer Wintertag, und er fand es notwendig, daß sie ein paar Cocktails nahm, um sich zu wärmen. Die Hände der Kellner strichen wie Schwalben über den Tisch, es war köstlich warm, und das leichte und durchaus nichtige Getöse des Restaurants war ein äußerst beruhigendes Hintergrundgeräusch. Mit seinem gewohnten Geschick stellte Charles das Menü zusammen, er besann sich genau auf alles, was sie gern aß. Sie schaute ihm aufmerksam zu und versuchte, die Anzeichen der Krankheit auf seinem Gesicht zu entdecken, aber eigentlich war er seit ihrer letzten Begegnung eher jünger geworden. Schließlich sagte sie es ihm mit leisem Vorwurf in der Stimme, und er lächelte:

»Diesen Winter ging es mir nicht gut. Ich konnte eine Bronchitis nicht loswerden. Ich habe drei mörderische Wochen beim Wintersport verbracht, und fort war sie.«

»Johnny hatte mir gesagt, daß es Ihnen gesundheitlich nicht gut gehe...«

»Mir? Aber das stimmt nicht«, sagte er vergnügt, »Sie können sich denken, daß ich Ihnen davon erzählen würde.«

»Schwören Sie es mir?«

Er machte ein ernstlich überraschtes Gesicht.

»Mein Gott, ja, natürlich, ich schwöre es Ihnen.

Haben Sie immer noch diese Sucht nach Schwüren? Ich habe schon lange nichts mehr schwören müssen.«

Er lachte zärtlich, und sie lachte mit ihm.

»Johnny hat mir ganz einfach zu verstehen gegeben, daß Sie Krebs haben könnten.«

Er hörte sofort zu lachen auf.

»Und deshalb haben Sie mich angerufen? Sie wollten mich immerhin nicht allein sterben lassen?«

Sie schüttelte den Kopf:

»Ich wollte Sie auch gern wiedersehen.«

Und zu ihrer großen Verwunderung merkte sie, daß das stimmte.

»Ich bin noch lebendig, meine liebe Lucile, bedauernswert lebendig, obwohl ein Toter mehr empfinden muß als ich. Ich arbeite auch noch, und weil ich nicht den Mut habe, allein daheim zu bleiben, gehe ich aus.«

Er machte eine Pause, dann sprach er mit leiser Stimme weiter.

»Sie haben noch genauso schwarzes Haar, genauso graue Augen. Sie sind sehr schön.«

Ihr fiel ein, daß ihr schon lange niemand mehr etwas über ihre Farben, auch nicht über ihr Aussehen gesagt hatte. Antoine meinte zweifellos, daß sein Begehren jede Notwendigkeit einer Erklärung ausschloß. Es war doch sehr angenehm, wie dieser reife Mann ihr gegenüber sie wie etwas Unerreichbares betrachtete und nicht mit einem Wunsch, den sie unmittelbar verwirklichen mußte.

»Ich wüßte gern«, sagte er, »ob Sie am Donnerstag abend frei sind. Da ist ein sehr schönes Konzert bei La

Moll, im Palais auf der Ile Saint-Louis. Es wird Mozarts Konzert für Flöte und Harfe gespielt, das Sie so gern mögen, und Louise Wermer selbst hat zugesagt zu spielen. Aber das wird sicherlich schwierig für Sie sein?«

»Warum?«

»Ich weiß nicht, ob Antoine Musik liebt und vor allem, ob ihn eine Einladung von mir nicht ärgert?«

Das war typisch Charles, diese Einladung. Aus Höflichkeit lud er sie mit Antoine ein, und es war ihm lieber, sie mit ihm zu sehen als überhaupt nicht. Er würde auf sie warten und sie aus allen Schwierigkeiten herausholen, was auch kommen mochte. Und das hatte sie sechs Monate lang vergessen, und sie hatte erst für sein Leben fürchten müssen, um sich klar zu werden. Wo nahm er das her, wie konnte er diese entsetzliche Ungleichheit ihrer Beziehungen ertragen, womit nährte er diese Liebe, seine Großherzigkeit, seine Zärtlichkeit, die sie so wenig heimzahlte? Sie neigte sich zu ihm:

»Warum lieben Sie mich noch? Warum?«

Das klang herb, beinahe grollend, und einen Augenblick zögerte er.

»Ich könnte antworten, weil Sie mich nicht lieben, und das wäre übrigens ein guter Grund, obwohl er unverständlich für Sie wäre, denn Sie haben diesen Willen zum Glücklichsein. Aber es ist etwas an Ihnen, das mich verführt hat. Es ist...«

Er zögerte wieder.

»Ich weiß nicht. Etwas Sprunghaftes, der Eindruck von einem, der unterwegs ist, und dabei wollen Sie weiß Gott nirgendwo hingehen. Eine Art Gier, und Sie wollen doch weiß Gott nichts besitzen. Eine Art beständiger Heiterkeit, und Sie lachen so selten. Wissen Sie, die anderen sehen immer so aus, als würden sie vom Leben überwältigt und Sie, Sie sehen aus, als überwältigten Sie es selbst. Das ist es. Ich habe schlecht erklärt. Möchten Sie ein Zitronensorbett?«

»Das ist sicherlich sehr gesund«, sagte sie verträumt. »Antoine hat am Donnerstag ein Essen mit Verlegern«, fügte sie wahrheitsgemäß hinzu. »Ich komme allein, wenn Sie wollen.«

Ja, er wollte, er wollte nichts als das. Sie verabredeten sich für halb neun, und als er vorschlug »zu Hause«, dachte sie keinen Augenblick an die Rue de Poitiers. Die Rue de Poitiers, das war ein Zimmer, das war nicht zu Hause – war nie ein Zuhause gewesen, wenn es auch Paradies und Hölle in sich vereint hatte.

XXIV

Das Palais der La Moll hatte im achtzehnten Jahrhundert irgendeinem Minister gehört. Riesengroß waren die Räume, erlesen die Wandtäfelungen, und das erbarmungslose und zugleich milde Licht der Kerzen (erbarmungslos, weil es den Geist – oder die Geistlosigkeit – auf einem Gesicht hervortreten ließ, mild, weil es das Alter verwischte) erhöhte noch die Dimensionen, den Zauber des großen Salons. Das Orchester saß im Hintergrund auf einer Art kleiner Bühne, und wenn Lucile sich vorbeugte und den Reflexen der Kerzen in den Fensterscheiben auswich, konnte sie unten die

Seine liegen sehen, glitzernd und schwarz. Dieser Abend hatte etwas Unwirkliches für sie, so unübertrefflich war der Blick, die Ausstattung des Raumes, die Musik. Ein Jahr zuvor hätte sie vielleicht gegähnt, sie hätte vielleicht gewünscht, daß einer der Gäste ungeschickt ausrutschte oder ein Glas fallen ließ, aber an diesem Abend genoß sie verzweifelt die Ruhe, die Ordnung, die Schönheit, die sich die respektablen La Moll mit Hilfe ihres Kolonialhandels leisten konnten.

»Jetzt kommt Ihr Konzert«, flüsterte Charles.

Er saß neben ihr, und sie bemerkte sein schimmerndes Smokinghemd, seinen tadellosen Haarschnitt, seine gepflegte, fleckige schmale Hand, die ein Whiskyglas hielt, und er würde ihr sofort eins reichen, wenn sie den Wunsch äußerte. Er war schön in diesem zögernden Licht, er sah selbstsicher aus und ein bißchen kindlich, er sah glücklich aus. Johnny hatte gelächelt, als er sie zusammen kommen sah, und sie hatte ihn nicht nach dem Grund seiner Lüge gefragt. Jetzt neigte sich die alte Dame über ihre Harfe, sie lächelte leise, der junge Flötist sah sie fragend an, und man konnte sein Herz am Hals klopfen sehen. Es war eine sehr schöne Gesellschaft, und er mußte Lampenfieber haben. Sicher war das eine Soiree wie bei Proust: man war bei den Verdurin, der junge Morel gab sein Debüt, und Charles war der sehnsüchtige Swann. Aber für sie gab es keine Rolle in dieser köstlichen Komödie, ebensowenig wie vor drei Monaten in dem kalten Büro bei *Réveil*, ebensowenig wie sie je im Leben eine finden würde. Sie war weder eine Kurtisane, noch eine Intellektuelle, noch eine Hausfrau mit Familie, sie war gar nichts. Und die ersten Töne, die Louise Wermer sanft ihrer Harfe entlockte, trieben ihr die Tränen in die Augen. Diese Musik würde immer zärtlicher werden, das wußte sie, immer sehnsüchtiger, immer auswegloser, wenn auch dieses Wort den Begriff eines Weniger oder Mehr nicht zuließ. Es war eine fast unmenschliche Musik für eine, die versucht hatte, glücklich zu sein, liebenswürdig zu sein, damit aber zwei Männer gequält hatte und nun nicht mehr wußte, wer sie ist. Die alte Dame lächelte nicht mehr, und die Harfe wurde so grausam, daß Lucile plötzlich die Hand nach jemandem ausstreckte, den sie erreichen konnte, und das war Charles, und er nahm ihre Hand. Diese Hand, diese ganz sicher vorübergehende, aber lebendige Wärme, die Berührung der Haut, das alles stellte sich zwischen sie und den Tod, sie und die Einsamkeit, sie und das entsetzliche Warten auf all das, was sich dort drüben jagte oder verband, die Flöte und die Harfe, der schüchterne junge Mann und die bejahrte Frau, plötzlich vollkommen in ihrer Gleichheit, in dieser glänzenden Verachtung der Zeit, die Mozarts Musik hervorbringt. Charles hielt ihre Hand in seiner. Von Zeit zu Zeit ergriff er mit seiner freien Hand ein Glas und gab es Lucile in die andere Hand. Auf diese Weise trank sie viel. Und da war viel Musik, und Charles' Hand war immer sicherer, fester, schmaler, wärmer in der ihren. Wer war dieser blonde Mann, der sie im Regen in die Filmarchive schickte, der verlangte, daß sie arbeitete oder sich von Fleischern eine Abtreibung machen ließ? Wer war dieser Antoine, der diese liebenswürdigen Menschen, das köstliche Kerzenlicht, die tiefen Sofas und Mozarts Musik verdorben nannte? Er sagte es natürlich nicht, zumindest nicht von den Sofas, den Kerzen und von Mozart, aber er sagte es selbst von denen, die ihr in diesem Augenblick all das schenkten, auch diese goldene, eisgekühlte, glühende Flüssigkeit, die wie Wasser in ihre Kehle rann. Sie war betrunken, saß unbeweglich von ihren Gefühlen überwältigt, sie klammerte sich an Charles' Hand. Sie liebte Charles, sie liebte diesen schweigsamen und zärtlichen Mann, sie hatte ihn immer geliebt, sie wollte ihn nicht mehr verlassen, und sie war verwundert über sein herzzerreißendes Lachen, als sie es ihm im Auto erklärte.

»Ich gäbe alles darum, Ihnen zu glauben«, sagte er, »aber Sie haben getrunken. Nicht mich lieben Sie.«

Und als sie Antoines Haar auf dem Kopfkissen erblickte, seinen langen Arm auf ihrem Platz, da wußte sie natürlich, daß Charles recht hatte. Aber sie spürte ein leises Bedauern.

Zum erstenmal...

Es kam noch mehrmals so; sie liebte Antoine zweifellos noch immer, aber sie mochte ihn nicht mehr lieben, sie mochte das gemeinsame Leben mit ihm nicht mehr, mochte nicht mehr aus Geldmangel auf ihre Torheiten verzichten und litt unter der Eintönigkeit der Tage. Er spürte das und verdoppelte seine Aktivität in der Arbeit, fast vernachlässigte er sie. Die leeren Stunden, die sie früher so sehr mit Erwartung ausgefüllt hatte, waren jetzt wirklich leer geworden, weil sie ihn nicht mehr wie ein Wunder erwartete, sondern aus Gewohnheit. Zuweilen traf sie Charles und sagte Antoine kein Wort davon, es hatte keinen Zweck, die mutlose Qual in den gelben Augen noch durch die Eifersucht zu mehren. Nachts lieferten sie sich mehr einen Kampf als einen Liebesakt. Ihre Fähigkeiten, deren sie sich so lange bedient hatten, die Lust des anderen zu verlängern, benutzten sie jetzt in brutaler Kunstfertigkeit, um schneller zum Ende zu kommen. Nicht aus Überdruß, sondern aus Angst. Von ihren Seufzern getröstet schliefen sie ein, sie vergaßen, daß sie zuerst darüber verwundert gewesen waren.

Eines Abends, als sie getrunken hatte, denn sie trank in dieser Zeit viel, ging sie mit zu Charles. Sie machte sich kaum klar, was geschah und sagte sich ganz einfach, daß es so kommen mußte und daß sie es Antoine sagen müßte. Im Morgengrauen kam sie zurück und weckte ihn. In diesem Zimmer hatte er sechs Monate früher, vor Liebe krank, befürchtet, sie verloren zu haben, aber nicht sie, sondern Diane sagte ihm Lebewohl. Jetzt hatte er sie wirklich verloren, es mußte ihm an Autorität oder an Kraft oder an etwas anderem gefehlt haben, wovon er nichts wußte, aber er versuchte nicht einmal mehr herauszufinden, was es war. Schon zu viele Tage schleppte er andauernd dieses Gefühl der Niederlage, der Ohnmacht mit sich herum. Beinahe hätte er ihr gesagt, daß ihr Schritt nichts zu bedeuten habe, sie habe ihn ohnehin immer betrogen, mit Charles, mit dem Leben, mit ihrer eigenen Natur. Aber er sah den Sommermonat vor sich, er erinnerte sich an den Geschmack ihrer Tränen im letzten August auf seiner Schulter, und er sagte nichts. Seit über einem Monat, seit Genf, war er auf ihr Gehen gefaßt. Vielleicht gibt es wirklich Dinge, die zwischen einem Mann und einer

Frau nicht geschehen dürfen, ohne sie unheilbar zu verletzen, so frei sie auch sein mögen, und vielleicht gehörte dieser Aufenthalt in Genf zu diesen Dingen. Oder vielleicht war es seit ihrem Anfang, seit ihrem närrischen Gelächter bei Claire Santré so bestimmt. Er würde lange brauchen, um sich zu erholen, darüber war er sich klar, als er das müde Gesicht, die grauen, umschatteten Augen Luciles, ihre Hand auf seiner Decke ansah. Er kannte jeden Winkel dieses Gesichtes, jede Linie dieses Körpers, das war keine Geometrie, von der man sich so ohne weiteres lösen konnte. Sie sagten sich banale Worte. Sie schämten sich, sie fühlte überhaupt nichts mehr, zweifellos hätte er nur zu schreien brauchen, und sie wäre geblieben. Aber er schrie nicht.

»Jedenfalls«, sagte er, »warst du nicht mehr glücklich.«

»Du auch nicht.«

Sie wechselten ein seltsam entschuldigendes Lächeln, verzweifelt und fast konventionell. Sie stand auf und ging, und erst als sich die Tür hinter ihr geschlossen hatte, stöhnte er ihren Namen: »Lucile, Lucile«, und er nahm es sich übel. Sie ging zu Fuß nach Hause, zu Charles, in die Einsamkeit, sie wußte, daß ihr für immer jedes wirkliche Leben versagt war, und sie dachte, daß es ihr recht geschähe.

XXV

Zwei Jahre später bei Claire Santré sahen sie sich wieder. Lucile hatte Charles schließlich geheiratet; Antoine war Direktor einer neuen Verlagsgruppe geworden, und wegen des Titels war er eingeladen. Seine Geschäfte nahmen ihn sehr in Anspruch, und er hörte sich ein bißchen zu gern reden. Lucile hatte noch immer ihren Charme, ihr glückliches Gesicht, und ein junger Engländer namens Soames lächelte ihr häufig zu. Antoine saß bei Tisch neben ihr, vielleicht war es Zufall, vielleicht eine letzte Bosheit von Claire, und sie sprachen gemessen über Literatur.

»Woher kommt der Ausdruck ›Chamade‹«, fragte der junge Engländer am anderen Ende des Tisches.

»Nach dem Littré war es ein Trommelwirbel, der die Niederlage ankündigte«, sagte ein Akademiker.

»Wahnsinnig poetisch«, rief Claire Santré und klatschte in die Hände. »Ich weiß, daß Sie über mehr Worte verfügen als wir, mein lieber Soames, aber Sie müssen zugeben, in der Poesie ist Frankreich königlich.«

Antoine und Lucile saßen kaum einen Meter voneinander entfernt. Aber die Chamade erinnerte sie an gar nichts mehr, und Claires Deklaration verursachte ihnen nicht den geringsten Lachanfall.

Françoise Sagan

Ein gewisses Lächeln

Ullstein Buch 183 ▪

Hier schildert die erfolgreiche französische Autorin das Abenteuer eines jungen Mädchens mit einem 40jährigen welterfahrenen Mann. Zu spät und gedemütigt muß Dominique feststellen, daß sie ihn wahrhaft liebt, während sie für ihn nur ein Abenteuer war. Die Süddeutsche Zeitung schreibt: »Der Roman ist wirklich gut! ... Diese bittere Analyse eines jungen Herzens wird durch den geschliffenen, klaren Stil schmackhaft gemacht.«

ein Ullstein Buch

Françoise Sagan

In einem Monat, in einem Jahr

Ullstein Buch 231 ▪

»Françoise Sagan schreibt mit der unstillbaren Neugier desjenigen, der erforschen will, was die Menschen zueinandertreibt, voneinandertreibt; aber auch mit dem unstillbaren Schmerz desjenigen, der ahnungsvoll erkennt, daß es – jenseits des individuell-trivialen, des unzulänglichen Einzelbeispiels – wahrscheinlich um mehr geht: um die Verdammnis zur Vergänglichkeit ... Man suche nicht das Autobiographische. Den Schriftsteller macht der Stil. Françoise Sagans Stil ist glanzvoll und knapp, ohne ein überflüssiges Wort, ohne eine falsche Formulierung.« *Die Zeit*

ein Ullstein Buch

Margery Sharp

Die Sonne im Skorpion

Ullstein Buch 2746 ▪

Cathy Pennon ist weder besonders hübsch noch besonders klug. Aber im Pokern ist sie tüchtig, und sie versteht es, ihr Leben auf eine merkwürdig unkonventionelle Weise zu bewältigen. Ungeachtet ihrer erstaunlichen Mischung von Weltfremdheit und gesundem Menschenverstand findet sie schließlich im wahrsten Sinne des Wortes den Schlüssel zu ihrem Dasein. Cathys Geschichte ist in ein farbiges Bild des englischen Lebens eingeflochten, das Margery Sharp scharf und kritisch, mit freundlicher, nicht verletzender Ironie zeichnet.

ein Ullstein Buch

Christine Brückner

Letztes Jahr auf Ischia

Ullstein Buch 2734

»In den Kapiteln dieses ausgezeichneten Buches erzählt eine Frau die Geschichte eines Sommers und Nachsommers auf der Insel Ischia. Darstellung und Stil fangen den Leser ein, halten ihn fest, verzaubern ihn am Ende in jene andere Wirklichkeit des Geschilderten. Dieser Dichterin gelang ein Buch, dem man rückhaltlos zustimmen und das man am Ende einfach lieben muß.« *Süddeutscher Rundfunk*

ein Ullstein Buch

Anne Piper

Ja, Giorgio

Ullstein Buch 2826 ▪

Roses Mann ist nüchtern, grundsolide, zuverlässig – ein echter Waliser. Giorgio ist charmant, galant leidenschaftlich – ein echter Italiener. Kein Wunder, daß Rose sich von ihm zu einer Autoreise verleiten läßt. Doch es wird eine Reise der Enttäuschungen, denn Giorgio ist nicht nur der aufmerksame Begleiter und zärtliche Liebhaber ...

ein Ullstein Buch

Die Bücher der Neunzehn

Programm Juni 1971 bis Februar 1972

Juni Claassen Band 198	Marie Luise Kaschnitz: Nicht nur von hier und heute Ausgewählte Prosa und Lyrik (1943–1965). 384 Seiten. Leinen DM 19.80.
Juli Goverts/Krüger/ Stahlberg Band 199	Arno Schmidt: Rosen & Porree Seelandschaft mit Pocahontas. Die Umsiedler. Alexander. Kosmas. Berechnungen I und II. 312 Seiten. Leinen DM 14,80.
August Insel Band 200	Deutsche Erzähler Band 1: Herausgegeben von Hugo von Hofmannsthal. Band 2: Herausgegeben von Marie Luise Kaschnitz. Zwei Bände etwa 1500 Seiten. Leinen ca. DM 32,–, einzeln ca. DM 16,80.
September List Band 201	Isabella Nadolny: Ein Baum wächst übers Dach Roman. 293 Seiten. Leinen ca. DM 12,80.
Oktober Luchterhand Band 202	Gabriele Wohmann: Selbstverteidigung Prosa und anderes. Etwa 320 Seiten. Leinen ca. DM 14,80.
November Rowohlt Band 203	Rolf Hochhuth: Auswahlband (Arbeitstitel) Erzählungen, Essays, Theaterstück. Etwa 416 Seiten. Linson ca. DM 16,80.
Dezember R. Piper Band 204	Werner Heisenberg: Grenzüberschreitungen Reden und Aufsätze. Etwa 320 Seiten. Leinen ca. DM 16,80.
Januar Propyläen Band 205	Georg Hensel: Schauspielführer durch modernes europäisches Theater Etwa 550 Seiten mit vielen Abbildungen. Leinen ca. DM 16,80.
Februar Wunderlich Band 206	Georgina Masson: Das Staunen der Welt Friedrich II. von Hohenstaufen. Aus dem Englischen von Irmgard Kutscher. 388 Seiten, 9 Abbildungen. Leinen DM 14,80.